KB040391

세상 아름다운
것들은 고양이

세상 아름다운
것들은 고양이

장화 신은 고양이 한 마리가
나의 삶 속으로 걸어들어왔다.

ㅇㅅ

생의 한 가운데를 함께한
아홉 마리 고양이에게 이 책을 바칩니다.

20여 년 전,
바닥을 만난 날들에
장화 신은 고양이 한 마리가
나의 삶 속으로 걸어들어왔다.

이후 지난 20년간의 내 역사는 마치,
이 고양이가 꿈을 꾸며 써준 소설을
내가 배우가 되어 살아낸 기분이다.

이 한 마리 고양이로부터 모든 것이 비롯되었다.

인생에 고양이를 더하면 그 힘은 무한대가 된다

- Rainer Maria Rilke

고양이와 함께라면
밀당조차 얼마나 귀여운가!

"고양이가 창가에 앉아 첫눈 바라보는 모습을 본 적 있나
요?" 이런 질문을 건넨다.

오래전 필름 카메라로 남은 사진 중 가장 좋아하는 장면이
바로 이 풍경이다. 바깥세상이 흰 눈으로 칠해져 가는 창가
끝, 뒷모습을 보이고 앉은 작은 고양이. 세상에 태어나 첫 겨
울을 맞아 눈이란 걸 처음 보는, 내 한 살배기 첫 고양이 눈에
그려지던 세계.
바로 딱 그런 눈으로 세상을 맞고 또 작별하고 싶다.

고양이와 어울리는 날들엔 이해득실 떠난 관계를 연습한다.
나는 견습생이고 그들은 능란한 교관이다. 고양이 하고라면

밀당조차 얼마나 귀여울 뿐인가!

이 교관들과 밀당하며 알콩달콩 적지 않는 시간을 보냈다.

그러다 보니 내 고양이들이 스무 살 넘게 살 줄이야! 세 마리 나이 합치면 환갑!

고양이와의 시간은 너무도 빠르게 흘러간다. 마치 신선계 3일이 이 세상의 30년이었던 것처럼. 이 시차로 인해 어느덧 집사에겐 감당해야 할 슬픔이 생겨난다. 예외 없이.

고백하자면, 고양이 이야기를 쓰게 된 계기는 슬픔이었다. 희락喜樂이란 달리 극복할 것 없이 그저 누리기만 하면 되지만, 비애엔 생각하고 곱씹을 것이 있다. 그러다 보니 자연스레 글로 적게 되었다.

독자들께 미리 귀띔하자면, 이 책의 구성은 캣 타워의 형식을 빌렸다. 가장 낮은 1층은 책을 쓰게 된 발단으로, 병에 걸린 막내 고양이를 간호하며 적어간 일기에 해당한다. 2층에 이르면서는, 지난 세월 인연 맺었던 고양이들과의 만남과 작별을 떠올려 간다. 3층엔 오롯한 애도의 시간을 담는다. 맨 꼭대기인 4층에선, 작별의 과정에서 슬픔과 상실을 뛰어넘어 받게 된 깊은 차원의 위로와 몇몇 길고양이와도 나누게 된 교감의 세계를 그려 보인다.

시간의 줄을 넘는 줄넘기

「장화 신은 고양이」와 내 이야기 사이에는 평행이 있다. 장화 신은 고양이의 주인은 막내아들이었고, 부친이 세상을 떠났을 때 그에게 남겨진 유산이라곤 딱, 고양이 한 마리뿐이었다. 이 고양이는 갖은 꾀와 재치를 부려 주인에게 명예와 공주와 왕국을 안겨주었다.

나도 일단은 막내다. 그리고 살다 보니 어느 날 사랑, 돈, 게다가 건강까지 잃고 모든 게 거덜 나 있었다. 이전 남자친구는 얼마 되지도 않는 재산의 절반을 교묘히 가져가 버렸고 나는 임파선 결핵에 걸려 있었다. 원인 모를 감기의 지속에 급기야 목소리조차 잘 나지 않던 상태였다.

꿈도 뭣도 없었고 사람들에게 주어지는 그 무엇도 내겐 애초에 면제된 것처럼 느꼈던 그 시절, 온통 심신이 황폐한 날들에 내게 남겨진 거라곤 딱, 검정 줄무늬에 흰 양말을 신은 한 살짜리 고양이 한 마리였다.

이후 20년 동안 내겐 어떤 변화가 생겨났던가? 우선 동반자가 생겨났고 그로 인해 혼자서는 할 수 없었을 여러 시도와 모험을 하게 되었다. 그러면서 책 쓰기를 원하게 되었고 어느새, 어릴 때 잠시 간직했던 꿈이었던 작가가 되고야 말았다. 지나고 보니 그렇게 되어있었다.

단지 원작과 다른 점이 있다면, 샤를 페로의 동화 속에 나오는 그 지혜롭고 유능하기 짝이 없는 장화 신은 고양이는 혼자서 모든 일을 다 해내었던 반면, 나의 양말 신은 고양이는 일군의 다른 고양이 동생들까지를 불러왔다는 것이다. (그렇다고 내 고양이가 상대적으로 덜 유능하다는 말은 아니다.) 그리하여 내 왕국엔 고양이가 하나의 사회를 이루어 독자적 문화를 꽃피웠다. 이들은 내게 필요한 모든 마법을 부려낸 다음, 차례대로 시간의 틈 속으로 사라지고 있다.

그러나 난 안다. 그들이 사라진 게 아니라 숨은 거라는 걸! 어떻게 알게 되었느냐고? 그게 지금부터 할 이야기다. 조급해 말기를!

고양이들의 유년기는 아주 빠르게 지나간다. 귀엽기 짝이 없는 아깽이 시절을 보내다 순식간에 성묘가 된다. 아이들이 나이가 들어감에 따라 집사들은 언젠가 다가올 작별의 날을 떠올리며 마음이 서늘해 온다. 함께 하는 날들이 행복했던 만큼 아파질 그 끝. 상상으로라도 미리 아파 놓으면 실제로는 덜 아플까 하는 생각도 자주 했다. 예견되는 충격을 줄여 보려고 나도 여간 이 궁리 저 궁리한 것이 아니었다.

그러다 결국 그 시점이 다가왔고, 빼도 박도 못하게 그 순간을 겪어내야만 했다.

겪어내었다. 그러면서 알게 되었다. 아이들이 죽음의 문턱까지 걸어가 이윽고 거기를 통과하는 것을 지켜보는 과정 속에는, 단지 슬픔이라는 괄호로만 묶어버리기엔 아까운 무언가가 깃들여 있음을. 느껴버렸다. 사랑스러웠던 동물들은 우리에게 순전히 죽음이라는 원치 않는 선물만을 주고 가지는 않는다.

헤어짐이 단지 슬프기만 했다면 말을 시작하지 않았을 것이다. 반려동물하고의 만남과 이별 속에는 신비로운 사랑의 열쇠 같은 것이 숨어 있었다.

1층
모리가
있는 날들

고양이들이 좋아하는
숨기 놀이

 무언가를 그리워하는 힘으로 하루하루를 살아간다.

그리움의 목적어인 저 '무언가'에는 무어라도 와도 좋다. 그리움의 대상이 될 수만 있다면.

그리움은 마음을 이동시킨다. 움직임이 없는 사람은 죽은 사람이다. 움직임이 없는 삶은 죽은 삶이다. 그러니 그리워할 수만 있다면 살 수 있다. 그리움이라는 작용을 통한다면, 살아 있다 믿으면서도 실은 은근히 삶 아닌 죽음만을 덧대어가던 묵은 나날들을 홍해처럼 갈라낼 수 있다.

그런데 그리움의 대상들이란 시공간적으로 이미 멀어진

것들뿐 아니라 바로 옆에 있는 존재들일 수도 있다.

그것을 이야기하려 한다.

가까이 있는 것들. 가까이 있는 것들을 그리워함에 대하여.

마지막이 처음으로 인사하는 순간

지금 나는 마지막 반려묘 로리와 더불어 날들을 보내고 있다. 더는 고양이를 기르지 않겠다는 의미에서의 '마지막'은 아니다. 그보다는, 한 무리 고양이들의 삶과 죽음을 한 번 거쳐본 주기로서의 마지막이다. 이 첫 고양이들을 '나의 고양이 1기'라 부른다. 이들 중 마지막 남은 고양이가 로리다. 먼저 떠난 두 녀석은 스무 살에 이르도록 살았고 로리는 이제 22살이다. 로리는 아직 건강하게 잘 먹고 지낸다. 이 나이 되도록 치아조차 정정하시다.

로리는 친구들이 살아있던 때에 비해 내게 완연히 더 의존하게 되었다. 늙고 혼자 되어 마음이 약해진 걸까? 나를 늘 졸졸 따라다닌다. 안아달라고 수시로 보챈다. 아이를 들어 올려 내 심장 가까이 안고 달래주고서 무릎에 한참 두어야지만 이윽고 자기 침상으로 돌아가, 그녀의 주된 일과인 '잠자기'를 다시 시작하곤 한다.

이럴 때 인형이란 고양이에게 얼마나 소중한지! 옆에 놓아준 인형들에게 고양이들은 적지 아니 의존한다. 기대거나 베고 자는 것은 물론이려니와, 뭐든 닥치는 대로 핥는 버릇을 가진 로리는 인형의 털을 자주 핥곤 한다. 원랜 인형 말고 다른 형제들의 털을 핥았었다. 로리의 인형과 담요는 자주 축축해져 있다. 가끔은 내 손을 내밀어 실컷 핥게 해주기도 한다.

이런 날들 속 유일한 근심은, 혹여 내가 지켜보지 못하는 시공간에서 로리가 홀로 떠나가면 어쩌나 하는 것이다. 아이가 마지막 눈을 감게 될 때 그게 내 품 안이기를 빈다.

지금보다 두 해 먼저 세상을 뜬 맏이 제롬에게는 내 기도가 먹혔다.

맏이는 내 인생 고양이였다. 마치 인간의 마음을 가진 듯한 이 녀석은 영민하고 활달한 데다, 표현력으로 말하자면 고양이의 그것이 아니었다. 좀 유난스러웠고 평생 나와 가장 소통이 잘 되는 아이였다. 요구를 들어주지 않으면 괴상하게 울며 돌아다니거나 했고, 가끔은 기둥 뒤에 잠복해 있다가, 지나가는 나의 다리를 덮치기도 했다. 이 장난꾸러기와 더불어 지내는 동안엔 통 지루할 사이가 없었다.

이렇게 나와 밀착된 아이의 마지막을 미리 그리고 아주 많이 근심하지 않을 수 없었다. 오래전부터 녀석을 들어 올려 안을 때마다 마음속으로 빌곤 했었다. 그의 마지막 순간에 꼭 붙어있게 해달라고. 이 기도는 이루어졌고, 그 과정이 어떠했는지는 이야기가 진전되며 다시 말할 것이다.

그리하여 다시 나는 기도한다. 마지막 남은 로리가 떠나는 순간에도 옆에 있을 수 있기를!

마지막 고양이만을 남겨둔 지금, 수개월 전 막내와 작별하던 시간으로 돌아가 본다.

21년째

2021. 1. 1.

오늘로 내 고양이 중 또 한 마리가 스무 살이 되었다. 고양이라는 종족과 산 지는 21년째. 같이 지내기 시작한 첫 몇 달이나 몇 년은 느리게 흐르지만, 그다음에 오는 세월의 중간 토막이란, 돌아보면 사라지고 없다. 대체 어느 고양이가 물어간 거야?

고양이 밥 주는 것으로 늘 내 하루는 시작된다.

고양이들의 노예로 사는 게 사람들의 왕으로 지내는 것보다 행복하다는 걸 집사 된 자는 알 수밖에 없다. 사람들의 왕으로 지낼 일이 없으니 하는 말이기도 하고, 만만하게 끌어와 말할 비교 대상이 인간 종족이다 보니 말이기도 하다.

그렇다고 내가 동물들을 사람들보다 더 좋아하는 것은 아니다. 단지 복잡한 인간사회보다는 동물들과의 공존이 좀 더 쉽다 여겨질 뿐이다. 특히 고양이들과의 삶은 노 리스크 빅 리턴이다. 화장실까지 척척 가리지 않는가!

게다가, 사람에게 무관심하다는 통념과는 달리 고양이는

의외로 정이 많고 깊다. 다만 그것을 아무에게나 남발하거나 서두르지 않을 뿐이다. 고양이를 변호하고 싶을 때가 있다.

새해 첫날 이 일기를 쓸 때만 해도 방문 바로 앞에 커다란 시련 하나가 도사리고 있음을 알지 못했다. 모든 인간의 운명이 그렇게 생겨 먹었듯.

2. 6.
강변까지 다녀오는 길, 자욱한 안개로 인해 마치 영화 속을 거니는 것 같았다.

며칠 안으로 한 번 되게 울 것 같다. 울먹울먹하다가 눈물이 도로 들어가길 여러 번, 언제 터져날지 모른다.

스트레스를 한참 받는 바로 그 찰나엔 자기 고통의 고스란한 크기를 모른다. 힘을 다해 버티다 보면 어쨌든 버텨질 거라 믿으면서, 이 스트레스 자체가 그리 큰 게 아니라고 자기 마음을 번역하게 되기에, 결국 시간이 지나서야 깨닫곤 한다. 버티던 순간의 자신을 그 시간이 지나서 바라보면, 그 당시엔 달리 어찌할 바를 몰라 그저 참고 있던 것으로 드러난다.

지금이 바로 그런 상태인 것 같다. 무엇에도 집중되지 않고 자주 울적한 기분이 든다. 두뇌란 건 약삭빨라 자기에게 닥쳐올 사안들을 순식간에 크로키 한다. 구도를 잡아 그림을 그려놓으면 대강은 그 안에 다 들어갈 테니까. 아닌 게 아니라 머리만으로는, 어제 동물병원을 오가는 동안에 이미, 할 수 있는 모든 마음의 정리를 벌써 다 마쳐 놓은 상태였다.

살며 닥치는 모든 일에 대해 머리는 비할 나위 없이 지혜롭다. 제 딴에는 무얼 바라고 무얼 포기해야 하는지를 다 알고 있다. 그러나 그 모든 정리를 다 한다 쳐도, 살아가는 마음이란 거의 늘 배고프고 찢겨있게 마련이다. 아아, 당장 지금은 누군가와 아무 말이나 하고 싶다.

모리 턱의 이상은 1월 말에 처음으로 발견되었다. 한쪽 턱이 부은 듯 딱딱해져 영 심상치 않아 보였다. 일시적으로 부은 낌새가 아니었다. 아닌 게 아니라 대번에 병원 의사의 반응은 좋지 않았다. 엑스레이상으로 보이는 그 뭔지 모를 종양은 턱의 조직과 얽혀 있어서 제거가 어렵다고 했다. 일단은 조직검사를 의뢰하기로 했지만, 엑스레이만으로도 상황이 좋지 않은 건 분명했다.

막내 모리

따스하게 밥 먹일
누군가가 있음

 2. 21.

난 참 쓸모가 없다.

언젠간 머리카락을 잘라야지.

이 두 마디. 오늘 중 제일 많이 한 생각.

이 두 마디를 작년 내내도 반복했다.

  더 자주 창을 열어 글을 쓰고 싶건만, 계속하여 열었다 닫
기를 반복한다. 글뿐만 아니라 모든 걸 주저주저 서성인다.
힘이 없다. 그러잖아도 늘 간당간당하게 쇠약한 신경으로 살
아왔는데, 같이 사는 고양이가 아프고부터는 매사에 더욱 엄
두를 못 내고 있다.

요즘 들어 녀석은 밥을 더 자주 조른다. 밥을 주면, 턱에 종양으로 의심되는 것이 자라난 상태에서 먹이를 씹는다. 그래서인지, 윗니가 아랫잇몸을 자꾸만 찍어 구멍이 나 있다. 그러나 고통을 못 느끼는 것 같다. 못 느끼는 상태라면 더 안 좋을 것 같다. 모리가 아작아작 소리 내어 씹을 때마다, 달라진 턱 상태를 생각하면 마음이 조여든다.

조직검사 결과는 아직 도착하지 않았다. 아직 검사 결과를 모르는 데서 오는 불안감 그리고 결과가 어느 쪽이건 신통하게 해줄 것이 거의 없다는 데서 오는 좌절감 이 두 감정을, 아이가 밥 씹는 걸 지켜보는 순간마다 되새김질한다.

아이는 아직 밥을 무척 잘 먹고, 나는 마음이 썩 잘 삼켜지지 않는다. 이별 자체가 두렵기보다 이별에 이르기까지 녀석이 많이 아파질까 봐 안타깝다.

그래도 아직 안고 쓰다듬어 볼 수 있는 고양이 그리고 그 고양이를 안고 쓰다듬는 손과 품을 가진 내가 존재해 다행이라고, 녀석의 눈을 보며 털을 만질 때마다 되씹는다.

그간 시간과 운명과 고양이로부터 넘치게 받아왔고, 이제 나머지 숙제를 하는 중이다.

불과 3주 전만 해도 그저 평화롭고 무탈한 나날들이었다. 모리는 한 마리의 귀여운 고양이였을 뿐. 언제나 그렇듯 두 눈을 가린 무지가 보장해 준 시간이었다. 기막힌 불의의 재난을 겪고서 다시는 그 이전으로 돌아가지 못한 이들의, 그렇게 되기 불과 며칠 전 몇 시간 몇 분 전까지의, 닥쳐올 불행의 티라곤 조금도 나지 않았을 고요한 시간을 자주 상상하며 살았었는데, 이런 불운이 이번엔 나의 몫이 될 줄이야!

모르고 누린 시간과 알고서 통과하는 시간이 있다. 둘 다 사랑에 꿰어져 있기는 마찬가지다.

아픈 고양이와 나는, 손을 맞잡은 채 함께 그 문을 통과할 수는 없겠지만, 언젠가는 결코 헤어짐이라곤 없게 될 어떤 절대적 공간을 향하여, 지금 서로의 시간을 저어간다.

서로 진정한 사랑을 느끼는 존재와는 만나기 이전부터 이미 함께였기에, 이 시간이 지난 다른 어딘가에서도 다시 함께하리란 믿음이 있다.

고무줄놀이

2. 26.

어떤 글들은 내 맘을 달래기 위해 쓴다. 모든 글이 그렇다고 볼 수 있지만, 더욱 그런 글들이 있다.

조직검사를 의뢰한 지 3주가 지났다. 오늘은 모리의 검사 결과를 들으러 간다. 선고를 들으러 가는 기분이다. 결과가 어떻든지 간에 모리가 생사를 초월하여 나의 귀여운 고양이라는 사실엔 변함이 없지만.

삶과 죽음 사이 그리고 삶의 모든 시공 속에는 투명한 고무줄이 놓여 있다. 멀리서 보기엔 표연히 걸어가는 것 같지만, 걷는 자의 처지에선 보이지 않는 수많은 줄들을 건너 헤쳐 가고 있을.

2. 27.

땅콩 쿠키

나는 시집을 야금야금
퍽 느리게 읽는 편이지
이 책을 다 읽도록
살아 있을 수 있을까,
내 고양이?

따스하게 밥 먹일 누군가가 있음
그이와 동시에 죽을 수 없음

땅콩 쿠키를 먹으며
죽음의 시를 읽는다

죽음의 페이지들을
설겅설겅 건너뛴다

모리가 있는 날들

 2. 28.

몇 년 전 어느 겨울이었다. 동네 야산에 올랐다 내려오는 길이었다. 산비탈 아래 비스듬한 내리막길을 지나다 문득, 새로 생긴 미술 교습소가 눈에 들어왔다. '딱따구리 아트 스튜디오', 간판은 이런 동화적인 이름을 달고 있었다. 이 장소에 홀리듯, 결계結界의 문 속에라도 미끄러지듯이 들어간 나는 몇 개월간 여기 다니며 그림을 배우게 되었다.

예체능 중 제일 못하는 게 미술이었던 나는, 그림을 잘 그리고 싶다는 욕망 이전에, 사람들이 그림을 그리고 싶어지는 욕망 자체를 내 것으로 삼고 싶었다. 왜, 어떻게, 그림이란 걸 그리고 싶어지는지, 그 기제를 내 안에 장착하고 싶었다. 이런 염원을 근근이 품고 살던 차에 이 딱따구리 아트 스튜디오의 출현은 어쩐지 적절한 기회처럼 보였다.

남미거나 동남아거나 티베트거나 북유럽 동유럽 혹은 어딘가의 인디언처럼, 동화책 속 어느 모르는 나라말을 하는 소녀처럼 땋은 머리를 한 선생님이 그곳에 있었다. 선생님은 미술용 앞치마 대신에 의사나 약사들이 입는 흰 가운을 입고 있었다. 등에 딱따구리 로고가 그려진.

어딘지 모를 이국의 언어는 선생님의 화폭 속으로 날아들어 그림이 되었다. 거기서는 빈번히 토끼들이 뛰놀곤 했다. 토끼를 기르는 선생님은 집에 두고 온 녀석들을 자주 도화지 위에 풀어놓았다. 뜯어먹을 풀들은 언제고 모자라는 법이 없었다.

미술의 기초처럼 간주되는 데생은 이 교습소에선 얼마든지 생략되었다. 보고 싶은 것을 담아다가 그리고 싶은 만큼 그릴 수 있었다. 고양이들과 같이 사는 나는 고양이를 그릴 작정이었다. 사진들을 출력해 갔다.

"어머나 샴이네요."

"얘 이름은 모리예요. 처음 데리러 갈 때, 가는 차 안에서 그냥 모리란 이름이 떠올랐어요."

"모리라니, 어울려요. 얼굴이 더도 덜도 아니게 딱 모리인 걸요. 모리라고 쓰여 있어요."

"처음엔 포인트가 없었어요. 자라며 점점 포인트가 진해지더니 지금 얼굴이 됐어요."

"모리 얼굴을 보세요. 샴고양이 얼굴은 요렇게 딱 벚꽃잎처럼 생겼어요."

"어머나, 그러네요."

이후로 모리 얼굴에선 여지없이 벚꽃잎이 보였다. 탄복이 나올 만큼 비슷한 윤곽이었다.

벚꽃 나무들이 가득한 나의 동네를 거닐다 계단에 점점이 떨어진 꽃잎들을 볼 때면 모리 얼굴이 떠올랐다. 그럴 때마다 모리가 새삼 그리워지곤 했다. 계단을 올라 길을 건너 직진하면 곧장 집이 나오는데도, 집 안에 모리가 있을 터임에도.

이후로 몇 년이고 벚꽃잎들이 매일 떨어져 갔다. 그때엔 전혀 보이지 않던, 방 안 가득한 벚꽃잎들이 이제야 보일 즈음, 지금이 그럴 즈음이다.

언제든 곁으로 돌아온다고

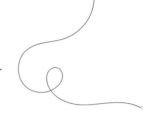

 3. 1.

지난 토요일엔, 2월 초 미국으로 보냈던 조직검사의 결과가
드디어 도착했다. 그런데 이 겨울 미국에 들이닥친 이상 폭설
로 인해 기별은 예상보다 늦어져 3주나 걸렸다. 이 3주는 내
겐 일종의 유예 기간과도 같았다. 얼핏 보아도 다행스러운 징
후라곤 없는 이 증상의 검사란 거의 확인 차원에 가까웠지만,
뚜렷한 결과가 나오기 전의 날들이란, 함께 해오던 일상의 즐
거움이 아직은 남아 있는 마지막 연옥이 되는 셈이었다. 진행
되는 병을 떠안은 채로도 이전의 모드를 이어 나가는, 똑같이
먹고 마시고 자는 불안한 평화의 날들.

　　마음의 준비를 해 가지 않을 수 없었다. 아직은 먹고 자는

데 아무런 불편이 없어 보이는 모리에게 곧 죽음이 닥친다는 게 믿어지지 않을 따름이었다. 모든 피조물에게 죽음은 오게 되어있지만 이런 식은 당혹스러웠다. 마음을 추스르기 힘들었다. 체념 깃든 최선을 준비하면서도, 주머니에 구겨 넣은 마음은 자꾸만 흘러내렸고 주머니는 이내 터져 새기에 이르렀다.

이날들에도 몇 번은 눈이 내리고 또 녹아갔다.

이제 유예의 날들은 끝났다. 공항에서 짐을 부치고 보안 검색을 통과한 후 드디어 가벼워진 몸으로 면세 물품을 쇼핑하거나 혹은 가벼운 요기 따위로 소일하며 탑승 시간을 기다리는 비행기 여행 같은, 고양이에게도 이 비슷한 시간이 도래했다. 대신 인간처럼 짐을 가지지 않았던 동물은 짐 대신 자기 몸무게를 덜어낸다. 킬로 수가 부쩍 줄어들어 가벼워진 내 고양이는, 지은 죄도 없는 채로 무방비하게 심판대에 올라야 했다.

우리나라에서 코로나 백신 접종이 처음으로 시작되던 그날 나는 동물병원 의사 선생님의 책상 앞에 피고처럼 놓여 모리의 선고를 들었다. 사람 말을 알아듣지 못하는 고양이를 대신하여, 당사자의 질병과 죽음에 관한 이야기를 들리는 대로 주워 담고 있었다.

병원에 오고 가던 길, 주말이라 차가 조금 밀렸다. 차창 너머로 새봄의 훈풍과 햇빛이 몰아닥쳤다. 매해 거듭되는 초봄의 풍광이 새삼 이질적으로 다가왔다. 앞으로 며칠, 몇 주, 몇 달을 더 살게 될지 모를 모리에게, 이 새봄은 어느 순간 살아 맞는 과거형으로 되어있을 수 있을지, 멈춰버린 현재로 정박될 것인지?

거실 가득 스노우 재즈가 흐르던 지난겨울이 우리 서로에게 가장 포근하고 따뜻한 풍경으로 기억되는 이유다.

네 마리 고양이의 집

누군가가 고양이들의 성격이 제각각이라는 사실을 신기해한다면 그런 태도가 오히려 신기한 것이다. 그것은 마치 사람들 간의 개성과 차이의 존재를 신기해하는 것과 마찬가지다.

사람의 운명이 제각각이듯 고양이들도 마찬가지라, 떠나는 길의 지도들이 조금씩 다르다.

먼저 간 두 마리 고양이는 병명을 파악할 겨를조차 없이 떠났다. 대개 고양이들이란 워낙 아픈 내색을 안 낸다고 알려져 있다. 그래서 그런지 두 아이 역시도 아픈 게 드러나자마자 그다음 날로 세상을 떠나버렸기에, 슬픔을 맞이하고 보내는 것조차 속성이었다. 그래서 같이 누린 행복의 대가를 너무 헐값으로 쳐 넘긴 기분마저 들었다.

이제는 모리의 차례. 투병해야 하는 모리를 간호하여야 한다. 누구를 간호해 본 적이 있었나? 기억나지 않는다.

모리의 병은 고양이에게 흔한 구강암의 종류라 들었다. 이 암은 드러난 후 병의 진행이 빠르다고 한다. 구강과 턱 쪽으로 나타나는 종양이어서 시간이 지남에 따라 입으로 먹기가 힘들어진다고 했다. 먹이를 공급하기 위한 관의 삽입에 대한 설명을 들었다. 상황이 나빠진 후 닥쳐서 하면 더 난감하다고 했다. 관의 시술이라는 것이 생소했지만, 앞뒤를 헤아려 보니 곧장 하는 것이 나아 보였다. 안 할 이유가 없어 보였다. 관 시술 후 적응 경과를 보기로 해서, 모리를 하루 맡겼다.

집에 돌아와 잠시 모리가 없는 공간 속에서 소파에 길게 드러누워 있자니, 닥친 상황에 정신 차려 빠른 판단을 내리기 위해 아까 병원에서는 마구 누락시키고 눌러두었던 감정이 폭발하면서 견딜 수 없이 눈물이 솟아났다.

모리의 경우, 앞으로 언제까지가 될지 모를 투병의 과정이라는 점에서 맏이 때하고도 상황이 다르다. 그때의 경험으로부터 커닝하여 베껴 쓸 것이 없다.

맏이가 쇠약하여 병원에 갔을 때는 이미 심박수 등 생의 지표가 되는 수치들이 급격히 떨어지고 있어서 수액 처치조차 맘 놓고 할 수 있는 상황이 아니었다. 그래도 할만한 검사나 처치를 시도해 보며 경과를 보기 위해 일단은 입원을 시켰다. 그러다 상황 악화가 더욱 분명해지자 다음날 의사 선생님이 전화를 주셨다. 많이 안 좋다면서.

의사 선생님은 선택지 몇 개를 제시하셨는데, 이제 더는 치료나 검사를 시도할 상황이 아닌 건 분명했다.

입원실의 맏이는, 병원에서 깔아준 요 위에 힘없이 고개를 떨구고 있었다. 으르렁거리거나 하악댈 힘도 없이. 아이의 얼굴을 보자 눈물이 났다. 이제 정말 마지막이구나 싶었다! 맏이를 보내는 과정 전체에서 바로 이 순간이 제일 슬펐고 가장 많이 울었다.

제롬과 모리

"그동안 우리 고양이로 살아줘서 고마워." 고마워, 소리만이 마음으로부터 하염없이 솟아났다.

나의 20년에 걸친 고양이 시대를 열었던 이 첫 고양이와의 이별은 즉, 고양이 시대의 커튼이 닫히는 신호가 되는 셈이기도 했다.

제롬이를 집으로 데려와 마지막을 함께한 그 하루 이틀 사이에도, 이를테면 죽음의 사자라도 만난 듯한 일이 있었다.

방에 제롬이를 뉘어놓고서 잠시 숨이라도 고를 겸 늦은 오후 산책에 나섰다. 코로나 시대가 시작되어 몇 개월 흐른 초여름의 어느 날, 아직은 더위가 짙게 덮쳐들지 않은 상쾌한 공기 속에서 사람들은 마스크를 쓴 채 앞뒤로 오가고 있었다.

이제 막 물들려는 구름처럼 뭉게뭉게 해진 마음으로 발을 옮겨가던 중이었다. 갑자기 앞에 무언가가 휙 하고 나타났다. 깜짝 놀라 발걸음이 절로 멈추어졌다.

스르르 휘리리릭, 한 마리 가느다란 뱀이 천변으로부터 기어 나오더니 인도와 자전거 도로를 가로질러 사라져갔다. 내 집 방향으로.

"물뱀이네요." 근처에 있던 누가 말했고, '이젠 정말 죽겠구나.' 하는 생각이 스쳤다. 뱀을 보자마자 곧장, 어린 왕자가 자기 별로 돌아가기 위해 힘을 빌렸던 그 뱀이 떠오르면서.

늘 걷던 산책로에서 뱀을 본 것도 처음이었다.

그런지 일 년이 채 지나지 않아 이번엔 모리 차례.

카테터를 삽입한 모리를 병원에서 데려왔다. 집에 데려다 놓자마자 모리는 캣 타워에 올라가 꼼짝도 하지 않았다. 나와 함께 지낸 19년 동안 귀 진드기 하나 없이 어디 아파본 적이라곤 없던 모리는, 생전 처음 병원에서 이틀을 지내고 난 긴장이 갑자기 녹아 그런지 나른해 보였다.

캣 타워의 맨 위 뚝배기 자리는 그저께 아예 떼어내 버렸다. 바꿔준 지 얼마 되지 않는 이번 캣 타워는 지난번 것보다 높고 맨 윗자리가 안정적이지 않아서, 환자가 된 모리에게는 위험해 보였다. 이제 모리는 캣 타워의 좀 더 낮은 자리 혹은 나의 푹신한 가죽 의자 위 방석에서 지낸다.

일 년 전처럼 또 산책을 나서기로 한다. 앞으로 얼마나 갈지 모를 투병 기간에 돌입하기 위해 조금은 숨을 골라야 했다.

집 현관을 나서면 내가 아주 좋아하는 단풍나무가 몇 그루 늘어서 있다. 그 너머로 화단이 보인다. 볕 좋은 날이면 단골 고양이 한 두 마리가 똬리를 틀고 잠자고 있는, 세상 안온한.

바로 이 화단에 이날 오후엔 무려 네 마리가 모여 있었다. 큰 고등어, 작은 고등어, 삼색이, 노란 고양이.

내게도 한때는 네 마리 고양이가 있었다. 큰 고등어 제롬, 작은 고등어 별이, 삼색이 로리, 갈색의 샴 모리. 그중 작은 고등어 별이와 큰 고등어 제롬이 먼저 떠나갔다. 그러고서 남은 두 마리와 함께 하는 날들은 이제 줄어들어 간다.

그러니까 지난 토요일 저 '눈물의 소파' 위에서 솟아난 나의 눈물은, 모리에게 닥칠 죽음 그 자체에 대한 것이라기보다는 이 사건이 가리키는 다른 의미를 향한 것이었는지도 모른다. 그것은 20년간 고양이와 함께해 온 삶으로부터, 고양이들이 모두 떠나 비워질 적막 공간으로의 이행을 앞두고의 아픈 떨림이었다. 이제 곧 머지않아, 그동안 당연하다시피 누려온 활기가 사라질지도 모른다는 두려움과 막막함이었다.

그런데 이날 눈물의 소파를 가까스로 벗어난 직후에 본 화단의 네 마리 고양이는 내게 이렇게 말하는 듯했다. 이 세상

어디에라도 우리가 있어요, 있을게요, 당신의 네 마리 고양이

가요, 라고.

사라지는 듯 사라지지 않고, 언제든 곁으로 돌아온다고.

애착 인형,
가까운 것들을 그리워할 때

 쉬는 짬에는 어김없이 눈물이 흐른다

병원에서 모리의 병명과 앞으로의 진행, 돌보는 과정에 대한 설명을 들었다. 오늘부터는 배워온 방식대로 사료와 약을 먹여야 한다. 가루약은 하루 두 번, 항암제는 이틀에 한 번.

따뜻하게 밥 먹일 존재가 있고 마지막까지 계속 보살펴 줄 수 있다는 것, 살아서의 행복이다. 다만 이런 상황은 사전에 마음의 준비가 있었다 하더라도 갑작스러운 것이라, 생각이 많아지고 감정은 용암처럼 솟아오른다. 어쩔 수 없다. 그래서 마음을 진정시킬 소일거리들을 마련해 놓았다. 하루 한 장 상상력 그리기 책과 숨은그림찾기 책을 주문해서, 두 권이 이제

막 도착했다.

행복의 덩어리를 떼어내는 수술이 있다. 영원한 행복은 없어서 언젠간 운명의 메스가 다가오고야 만다. 행복 역시도 한자리에 오래 머물면 부패를 시작할 거라, 그러기 전에 기한만료의 징후가 나타나게 되어있다. 그렇다고 또 행복을 떼어낸 것이 더 나쁜 것만은 아니다. 뭐가 올지는 모른다. 전혀 새로운 시작이 되기도 한다. 어쨌든 수술은 수술이라서 그 전후로 적지 않은 에너지 변환이 일어난다. 내가 바로 그 전환기에 접어들었다.

무언가가 떠나가려는 시점에 이르면, 거기 머물던 것의 형상이 오롯이 뚜렷해진다. 심지어 그것과 함께하기 이전부터의 페이지들까지 한꺼번에 펄럭인다. 가장 비참했던 무렵 내옆에 와 자라났던 행복, 이 행복의 덩어리가 견딜 수 없이 다시 뭉클해진다. 그다지도 박복하고 비통하던 끝의 행복이었었다니, 그것이 임무를 다하고 이제는 떠나가려 하다니!

지금 그 행복 덩어리는 침대 발치에 누워 잔다. 평소 머물던 높은 캣 타워 대신에 안전하고 평평한 자리를 택해 누운 것 같다.

긴 잠에 빠져있다. 당분간 나는, 혹시나 하는 마음으로 이 덩어리를 수시로 쓰다듬게 될 것이다. 병세의 진전이 예측불허이다 보니.

어쨌건 이 비 오는 삼월 첫날의 월요일, 우리는 한 방에서 숨을 나누고 있다, 아직은.

관을 통해 밥 먹는 모리

애착 인형,
가까이 있는 것들을
그리워할 때

3. 2.

고양이 기지개

햇빛 보고

숨 쉬고

죽다,

이렇게 적고 나면

죽는다는 말도

꽃핀다는 것 같아요

repos
2015. 12. 25

커피를 마시고 난 잔의 바닥에 박쥐 형상이 어룽지기를 기대하는 이 흐린 오후.

모리가 잔다. 다시 깨어날 수 있는 잠을 잔다.

모리가 잔다. 물방울 인형과 함께.

올리브영에서 화장품을 사면서 사은품으로 물방울 모양 인형을 받을 때만 해도 이런 용도가 될 줄은 몰랐다. 특별히 예쁘지도 않고 별 쓸모도 없어 보여서, 언제까지 갖고 있다 버리면 될까 하는 생각만이 앞섰었다.

그런데 이제 이것은 모리가 아파지면서 훨씬 요긴해졌다.

잠에 기대는 건 인형에 기대는 것이기도 하다. 작고 파랗고 말랑말랑 부드러운 물방울. 한 방울의 소중한 생명이기라도 하듯, 그것을 가끔 끌어안기도 하면서 모리가 자고 있다. 이런 용도로 다시 자리매김하게 될 줄은 몰랐다. 아이들과 마찬가지로 동물에게도 인형이 필요하다는 걸 몰랐었다.

작년에 먼저 간 맏이 제롬의 말년에도 늘 가까이하던 인형이 있었다. 그리 크지 않은 갈색 곰 인형이었다. 곰 인형을 모로 눕혀 놓으면, 녀석은 인형의 다리 사이 움푹 파인 곳에 얼굴을 묻거나 다리를 베고 자거나 했다. 둘은 친구처럼 가까워 보였다. 이 인형의 표정엔 어딘가 자상함이 깃들어 있다.

그러나 이런 용도로 쓰이기 전 이 곰은 이미 다른 인형들도 수두룩한 내 공간에서 또 하나의 예쁜 쓰레기처럼 끼어 있다가, 청소 철이 도래할 때마다 여러 번 버려질 뻔하기도 했다. 그랬던 곰 인형이 맏이가 떠나기 몇 달 전부터는 베개나 쿠션처럼 아이 옆에 늘 자리하고 있었다.

제롬과 곰 인형

그러다 맏이의 마지막 날이 왔다. 병원에서 거의 가망 없다는 말을 듣고 곧장 집으로 데려왔다. 얼마 남지 않은 시간이나마 기왕이면 늘 있던 곳에서 편안히 머물다 가길 바랐다. 그 전날 병원에 데려갔을 때도 이미 맥박이 느려지면서 아이의 시야에 세상이 흐려지고 있었다. 돌아오는 차 안, 아이는 내 무릎 위에 힘없이 늘어져 있었다.

제롬과 곰 인형

제롬이를 안아 들고 집으로 데려온 그 오후로부터 심장이 멎는 순간까지, 오래전 첫 만남에서부터 같이 살던 지난날들이 빗발쳤다. 이러는 동안 주변 세상이 온통 침묵에 잠겨 든 듯, 내 공간 속에서는 이 고양이하고의 시간만이 흘러갔다.

꼬박 하루 동안, 느리게 느리게 시간이 흘러갔다. 영화 마지막에 흐르는 자막처럼. 아이의 힘없는 다리를 잡거나 쓸어주면서, 같이 나눈 나날들을 돌려 감았다. 실내 공간의 밀도가 달라지기라도 한 듯, 마지막 정리 의식이 치러지는 장엄한 기운이 감돌았다.

아이는 식음을 끊은 상태였다. 주사기로 뽑어 넣어주려는 물도 마다했다. 결심이라도 한 듯, 자기를 맞으러 온 죽음에 더 가깝게 다가서려는 듯 나의 손길을 자꾸만 물리쳤다. 대신에 집안의 모든 구석을 누비며 돌아다녔다. 비틀거리며 구석으로 기어들었다가 또 다른 구석으로 향하며 옮겨 다녔다. 침대 밑, 식탁 밑, 드레스룸의 어두운 구석 그리고 책상 밑.

이 모습은 꽤 오래전 세상을 떠난, 모리 엄마인 별이가 아가들을 낳으려 할 때 구석들을 돌아다니던 모습과 겹쳐 보였다. 마치 그때처럼, 녀석은 소멸을 향해가는 것이 아니라 흡사 죽음을 낳으려는 것처럼 보였다.

나중에 고양이가 죽음을 맞을 때의 징후들을 웹상에서 찾아 읽었다. 고양이는 야생의 본능으로 인하여, 자신이 죽어가는 모습을 숨기려 어둡고 구석진 곳을 찾아든다고 한다.

마지막 밤을 함께 할 수 있음이 내게 큰 위로가 되었다. 여느 때처럼 같이 자고서 아침을 맞았다.

그 오전은, 비 온 뒤 햇빛에 증발하는 물방울처럼 곧 자취가 없었다. 그리고 나는 언제 사라져있을지 모를 아이에게서 잠시도 눈을 뗄 수 없었다.

오후 두 시쯤.

녀석은 곰 인형과 머리를 맞대더니 시원하게 기지개를 한 번 쭉 폈다. 그때 아이와 인형은 세상 누구하고 보다도 친밀하고 편안해 보였다. 스무 해라는 오랜 세월을 같이 지내온 나는 이 순간 오히려 소외되어 있었지만, 나와 내 고양이, 둘 사이 마음의 매개처럼 곰 인형이 거기 놓여 있는 셈이기도 했다.

마지막 기지개였다. 기지개 직후에 고양이의 뜬 눈으로부터 고양이도 세계도 사라져 있었다. 이전에 다른 누군가가 죽는 과정을 한 번도 본 적이 없던 나는, 삶에서 죽음으로의 이행이 그렇게 순식간임을 처음으로 느꼈다. 기지개 한 번 펴

자마자 다른 단계로 가버린 그 과정은 흡사 죽음을 낳는 것
처럼 보였다. 새끼를 낳는 것은 암고양이의 몫이지만, 죽음은
수고양이라도 낳을 수 있었다. 수고양이가 딱 한 배의, 딱 한
마리의 죽음을 낳고 나자 그 자리엔, 수고양이가 급히 빠져나
간 수고양이 한 마리가 남아 있었다. 더는 울음소리를 내지
않는 수고양이 너머로 수고양이가 자기 죽음을 데리고 갔다.
눈을 감겨주려 했지만, 생각처럼 눈은 잘 감기지 않았다.

제롬과 곰 인형 평소모습

그때의 갈색 곰 인형은 피아노 위에 올려 두었다. 이 곰이 어딘가 웃는 듯한 표정이라는 것도 아이의 마지막 날들쯤에야 깨달았었다.

아이의 마지막 날들을 함께한 곰 인형이 지금도 미소를 머금고 있다.

곰 인형과 마지막 인사를 나누는 제롬

 3. 3.

슬픔은 수시로 올라온다. 쉬려고 소파에 누울라치면 쉬어지기는커녕 이내 상념에 잠겨가다 눈물샘이 폭발하곤 했다. 지난 사흘간의 일이다. 그래서 그 소파를 '눈물의 소파'라 부르며 당분간 거기 눕지 않기로 했지만, 다른 곳이나 바닥에 누워봐도 마찬가지였다.

피할 수 없는 슬픔의 길. 그러나 그 길을 마다하지는 않은 채로 씩씩해지기로 했다. 그간 받아온 은혜를 조금이라도 갚듯, 마지막 보살핌이 설령 어설플지라도 내가 가질 수 있는 마음의 밀도를 최대한 끌어올려 그것을 하고자 한다.

아직은 서로 온기를 나누고 있는 나날들에, 모리는 고양이로서 내게 줄 수 있는 남은 교훈들을 마저 수혈해 주려는 듯 침묵 속에 꿈틀대고 있다. 사료를 갈아 체에 걸러 주사기로 옮기고, 남은 것은 냉장고에 넣었다가 다시 렌지에 데워 또 주사기로 옮기고, 약을 개어 작은 주사기에 넣고, 소독제를 챙기는 동안에도.

커져 버린 종양을 턱에 달고도 아직 어느 정도는 입으로 사료를 먹을 수 있다. 그렇지만 필요한 영양을 충분히 공급해 주기 위해선, 목에 연결된 관으로 액상의 사료를 넣어주어야 한다. 처음 카테터에 대한 설명을 들었을 땐, 고양이가 더 힘 들어지는 건 아닌지 더럭 겁이 났지만, 이거야말로 입으로 먹 기 힘든 환자들에게 급여하는 쉽고도 보편적인 방법임을 알 게 되었다. 모리도 잘 적응하고 있다. 오늘부터는 공급 횟수 를 늘려 먹인다.

요새도 모리는 잠에서 깨자마자 여전히 평소처럼 울면서 사료를 조른다. 그 소리가 얼마나 반갑고 고마운지 모른다. 입으로도 먹을 수 있게끔 캔 사료를 조금 덜어준다.

며칠 전 도착한 숨은그림찾기 책은 지금의 내게 썩 쓸모 가 있다. 이런 종류의 책을 더 주문하고 싶다. 종이접기나 오리기 책도 주문할까 망설였지만 역시 안 사길 잘했다. 머리와 손이 엉성한 나는 책만으로는 복잡한 조작 과정을 이해하지 못한다. 공간 감각이 떨어지는 편이라 종이학 이상은 접지 못한다. 내겐 보다 직감적이고 원시적인 게 걸맞다.

요즘 로리는 아픈 모리 때문에 존재감이 조금 가려진 편이다. 로리는 자주 모리를 핥아준다. 예전에는 둘이 그리 친한 사이가 아니었다. 모리는 별이의 아들인데, 별이와 로리는 앙숙이었다. 하지만 모리가 아프고부터 관계성이 바뀐 듯하다. 이제 둘만 남아 그런지 로리가 모리에게 더욱 극진해 보인다.

요새는 시리즈<종이의 집>을 자주 보다가 주인공 역의 교수에게 중독되었다. 이런 소소한 몰두 거리가 얼마나 위로인지 모른다.

이 시리즈물을 알려준 도수치료사와는 일주일에 한 번 만난다. 통증의학과의 햇빛 부드러운 치료실 창가에 늘 울려 퍼지는 피아노 소리. 바로 누워보실까요? 엎드려 보세요. 이런 말들의 사이사이로 우리는 서로 나눌만한 온갖 말들을 끼워넣으며 소통한다. 그곳은 눈이 잦던 지난겨울 내게 가장 따

모리 핥아주는 로리

듯한 공간 중 하나였다. 광주가 고향인 치료사는 부모님 댁에 두고 온 자기 고양이 사진을 수시로 꺼내본다면서 내게도 보여주었다.

3. 4.
언제나 모리 곁에 머문다. 이런 식으로 아이 옆에 곡진히 머문 적이 없었다.

지난 세월 동안 모리는 내 생활 반경 속 하나의 숨은 그림처럼 늘 배경에 머물러왔다. 목소리조차 또렷한 "야옹!"이 아니라 마치 쥐가 찍찍거리는 듯 발성하는 모리는, 그림 속에서처럼 먹고 잠들고 소리 나지 않게 걸어 다니곤 했다.

녀석의 소심한 성격 탓만은 아니다. 나의 무심함, 인간적인 이기심과 자기 집중적 성향은 고양이란 존재를 그저 일상의 한 여가생활처럼 대해왔는지도 모른다. 화장실도 알아서 척척 가리고 강아지처럼 산책시켜 주지 않아도 되는 등, 손이 그리 많이 가지 않아도 되는 고양이의 편리를 방만하게 누려 가며.

이제는 그럴 수 없는 시간이다. 돌아서면 사라져 있을까,

자주 돌아보게 된다. 함께 하는 시간이 흘러가 버린다는 느낌에 다그쳐지듯, 잠들 때도 서로 손을 얹거나 꼭 붙든 채로 있곤 한다.

모리의 질병과 더불어 시작된 날들은 고양이와 함께한 모든 날 중 유례없는 경험을 안겨 주었다. 언제까지가 될지 모를 이 상태를 버텨가며, 조마조마함을 늦추지 못한 채 계속하여 긴장하고 집중하여야 하는 날들이 도래한 것이다. 이 급작스러운 상황은 내 감정이라는 집의 지반을 통째로 흔들어 버렸다.

예전에는, 제일 애착했던 맏이의 죽음이 내 감정 세계를 가장 크게 흔들어 놓을 줄 알았다. 그런데 실제 닥친 그 죽음의 경우는 너무 순식간이고 완전했던 나머지, 오히려 마음이 곧장 다시 봉합되어 버렸다.

하필 그 죽음은 형용하기 어렵게 완전했다. 그 짧은 과정 중에 같이 닿아가고 있던 영원의 느낌을 어디다 꺼내 보이고 싶지도 않을 만큼. 이후 얼마간은 아이의 죽음을 나만 소유하고 싶었다. 그 죽음은 내게 너무 안쪽의 것이었다. 한동안은 그 일을 알처럼 품어 가지고만 싶었다. 품에 깊이 담은 걸 꺼내놓으면 혹여 변질이라도 될까 봐.

그러다 계절이 하나둘 셋 다 지나기도 전에 더는 그러지 못할 계기가 찾아온 거다. 다른 한 녀석, 막내 모리를 통해.

나를 걱정하는 이들이 고양이의 안부를 물어오기라도 하면, 대답하는 와중에 이전 기억들을 더듬어 설명하느라 과거형 어미를 사용하게 될 때가 있는데 그럴 때마다 시제가 은근 맘에 걸린다. 문법적으로는 오류가 아니지만, 바로 옆의 고양이를 마치 이전에 있었던 것처럼 언급하듯 하는 기분이 들어 움찔하게 된다.

나눠 가질 수 없는 죽음에 대한 미안함과 속죄의 감정이 내 몸으로 스며 빨아들여지기라도 한 것처럼 아프다. 3월의 바람으로 둥지를 짓듯 관절이 서걱대고 시큰하다.

그저께 저녁 무렵부터 엊저녁까지는 좀 길고 고단한 하루였다. 불과 하루 이틀 사이에도 삶은 다른 국면으로 변하기도 한다. 블로그에 마지막으로 사진을 올릴 때만 하여도 아이의 건강 문제는 전혀 드러나지 않았었지만, 그새 하루아침에 달라진 것처럼.

뭐가 어찌 되건, 주어진 시간 동안 서로 사랑하며 사는가
가 관건이다.

이렇게 말하며 마음을 붙든다. 여한이라 불리는 것은, 사랑
을 사랑으로 주고받지 못한 소통 장애에만 남는다. 맏이가 떠
나면서 가르쳐준 진실이었다.

로리와 제롬

3. 5.

셀로판지를 동그랗게 오려 눈에다 대고서 잠시 해를 바라보고 싶다.

　잠시 짬을 내어 김종숙 화가님의 전시회에 다녀오기로 한다. 화가님은 좀 특별한 분이다. 나이 50에 이르도록 개인전 생각 한번 없이 오로지 그리기 자체에만 몰두하셨다. 그림 재료를 사기 위해 막일을 해가며 밥 먹는 시간 외엔 오직 그리고 또 그리기만 거듭했다고 한다. 그러던 어느 날 화가님의 재능을 아깝게 여기던 동창 몇 분이 화가님 그림을 들고 무작정 상경하여 인사동 일대를 돌면서 그림을 알아봐 줄 누군가를 물색한다. 이분들의 뜻이 통했는지, 어느 공방에서 미술 평론가인 기획자 선생님을 만나게 되어, 처음으로 개인전을 갖게 된다. 화가님은 이제야 그림에 대해 조금 알 것 같은데 무슨 개인전을, 이라며 저어하셨지만, 기획자님의 삼고초려로 개인전이 성사된다.

　속초에 사시는 화가님은 주로 물고기 그림들을 내놓았고,

아는 분 초대로 이 전시 오프닝에 갔던 나는 그림에 흠뻑 반해버렸다. 그림들에선 아름다운 바다 내음이 퍼렇고 영롱하게 진동했다. 여러 번 전시회에 들렀다가 화가님과도 인사를 나누게 되었다.

전시는 2차까지 완판을 기록했다. 그리하여 화가님은 속초에 예쁜 집을 짓고 그림에만 몰두할 수 있는 행복한 나날을 보내게 되었다.

하지만 운명은 사람을 가만두지 않아서인지, 2019년 그 속초 산불로 인해서, 3차 개인전을 앞둔 그림들과 그동안 여행하며 쌓아둔 수천 장의 드로잉이 집과 함께 전소해 버렸다. 개인전을 불과 며칠 앞둔 시점이었다.

그러나 화가님은 다시 일어나 그림을 그리셨고 그렇게 화마를 극복해 낸 전시를 올해 열게 된 것이다. 자식 같은 그림들이 전소된 마음의 죽음을 딛고 일어선 화가님의 전시라, 죽을병과 맞선 자식을 둔 나로선 이 그림들에서 위안의 힘을 발견하게 될지도 모를 일이다.

이번엔 전시회에 오래 머물지 못한다. 모리의 밥시간이 다른 어느 스케줄보다 우선이다.

관을 통해 주사기로 먹이는 방법에 이제야 조금 적응되었다. 오늘 아침에야 겨우 흘리지 않고 먹일 수 있었다. 매번 긴장되어 온몸이 뻣뻣해진다.

그저께는 산수유처럼 노란 것이 돋아난 것을 보았다. 산수유일 수도 있다. 어제는 매화 같은 꽃이 여기저기 피어났다. 아마 매화일 것이다.

오늘이 경칩이라 하니, 매화는 경칩 무렵 피는 꽃이라고, 많이 살아온 척 늙은 시늉을 할 수도 있겠다.

제롬과 로리

사람이 들어도
편안한 고양이 음악

 3. 7.

목구멍의 관을 통해 주사기로 액상 사료를 넣어주는 일에 초반엔 겁을 잔뜩 먹고 식은땀을 흘렸었다. 지난 일주일 동안 이 방식에 당사자인 냥이보다도 오히려 사람이 더 적응해야 했다. 몇 가지 요령이 필요했다. 잘 들어가게 하려면 오른손으로는 주사기를 조절하고 왼손으로는 고양이를 계속 쓰다듬어야 한다. 잠을 자는 상태는 좋지 않다. 적당히 깨어있으면서 편한 상태라야 한다. 몸이 받아들이게 되면 아이가 입을 몇 번 쩝쩝 딸싹인다. 그러면서 관에 고여 있던 나머지 액체가 쉽게 내려가게 된다.

다른 모든 일에서처럼 상호 신뢰가 바탕이다. 내가 주는 것들을 아이의 몸이 잘 받아들이고 있음을 믿고서, 일정한 속도로 주사기를 지그시 눌러주는 일.

한 사흘 전에는 느닷없이, 혹시 고양이의 마음을 편하게 만들어 주는 음악 같은 것이 있지 않을까 생각이 들었다. '고양이 치유 음악' 혹은 '고양이 진정 음악'이라고 유튜브에 쳐 보니 꽤나 많이 검색되었다. 그리하여 적당하다 여겨지는 몇 곡을 돌아가며 틀어주고 있다. 음악이 흐르는 가운데 밥을 먹이면, 냥이도 냥이지만 먹이는 내 기분까지도 보듬어지며 보다 편안한 흐름을 탄다. 이 음악들은 사람이 들어도 편안하다.

의사 선생님 예고대로 병의 진행이 빠른 것 같다. 암 조직이 커지면서 아랫입술이 뒤집혀 가끔 침이 흐른다. 일주일 전에는 이러지 않았는데 불과 하루 이틀 사이의 일이다.

먹이는 양과 횟수를 늘려준 이후 모리의 체력은 좋아진 듯 보이지만 병 그 자체에 대해선 해줄 만한 게 달리 없다. 언제까지고 배고프지 않게 도와주는 것만이 내가 겨우 해 줄 수 있는 만큼이다.

지난 일주일, 이 과정에 적응하느라 심신이 고달팠다. 마침 산수유와 매화가 피어나면서 동시에 꽃샘이 불고 있다. 이 시기에 외출할 땐 일기예보에 표시된 숫자만 믿으면 안 된다. 바람을 예상하여 목을 한 번 더 둘러 감아주어야 한다.

이 바람은 2월의 칼바람보다 딱히 더 친절하지도 않다. 몸이 곧장 반응했다. 말 그대로 바람이 시샘을 품어서인가, 근육과 관절이 엉클어져 갑자기 쑤시고 아팠다. 몸 관절 여기저기에 마사지용 크림을 되는대로 발랐다. 이러다 나까지 병드는 게 아닌지, 아직은 살 날 많이 남은 인간의 몸도 걱정되었다.

이러다 이내 볕이 제법 드는 일요일에 닿았다. 일주일을 버텨왔다는 안도감과 더불어, 모리에겐 이런 일주일이 앞으로 몇 움큼이나 남아 있을지 하는 생각이 얼핏 떠올랐지만,

그저 하루하루를 같이할 뿐이다. 의심 없이 먹이고 쓰다듬는 일을 당분간 계속하여야 한다. 이 노고들을 다시는 할 수 없게 될 어떤 미래의 쓸데없고 허탈할지 모를 호젓함을 미리 떠올리면서.

긴장을 완화하기 위해 주문했던 숨은그림찾기 책의 진도는 절반을 더 지났다. 과수원과 주말농장, 공룡의 세계, 놀이동산 등을 거쳐 동물농장 편에 이르렀다. 찾다 보면 약간 억지다 싶은 그림들도 있다. 이를테면 꽃밭에 나비, 나무 속에 새집같이 당연한 것들이 숨은 그림으로 등장한다던가. 하지만 자꾸 찾다 보면 어느 순간엔, 처음부터 말이 된다고 믿었던 여느 그림 조각들, 풍경들의 매무새조차 어차피 모두 숨은 그림이었음을 알게 된다.

모리도 오랫동안 내 방 속 숨은 그림이었다. 이제 더는 숨어있을 수 없게끔 매일 새로 찾아 꺼내놓으며 색연필로 칠해놓는다. 그간 무사안일했던 모든 날을 뒤로 하고 숨의 밀도를 끌어올려 모리와 함께 하는 이 나날들에 숨은그림찾기를 내 취미로 길들였다. 내가 살아갈 앞으로의 날들에도 두고두고 하게 될 것이다. 여기저기 만나는 장소마다, 오래, 오래.

만나기도 전에 지은 이름, 모리

카테터 삽입에 대해 처음 들었을 때는 더럭 겁부터 나기도 했지만, 그뿐 아니라 다른 염려도 있었다. 입으로 씹어 삼키는 일이란 삶의 큰 낙이거늘, 관으로 먹는 것은 말 그대로 연명의 수단일 뿐 그럼으로써 동물로서 누리는 일상이 죽게 되는 건 아닐까? 같은 생각들. 하지만 구강 급식을 병행해도 된다는 말을 들으니 조금은 맘이 놓였다.

급여할 때마다 관을 통해 생명을 흘려 넣어주는 듯한 느낌을 받는다. 심지어 내가 이 고양이에게 약간은 쓸모 있는 존재로 기능하는 기분조차 든다. 늘 정처 없는 나라는 인간에게 내 고양이는 아픈 와중에도 존재감을 빌려준다.

이 구강암이 처음 발견된 것은 모리의 고향인 순천에 다녀온 지 얼마 되지 않아서였다. 철새가 도래하는 겨울을 기다려 1월 말경에는 흑두루미 떼를 보러 순천에 갔었다. 까만 양복이나 검은 후드 망토를 떨쳐입은 것 같은 흑두루미 무리는 장관이었다. 당시만 해도 이런 근심의 날들이 올 줄은 짐작도 하지 못했다.

지금으로부터 19년 전, 모리는 생후 두 달 남짓일 때 나와 인연이 되었다. 동호회에 올라온 게시글에는 고양이를 그 어미와 함께 데려가야 함이 입양 조건으로 되어있었다.

순천으로 가는 차 안이었다. 아직 본 적 없는 고양이의 이름이 퍼뜩 떠올랐다. '모리, 모리라고 해야겠어!' 처음 보기도 전 모리의 이름은 모리가 되었다.

순천의 작은 아파트, 모리와 그 엄마 아빠까지 고양이 일가는 베란다에 모여 있었다. 집사의 출산 문제로, 모리와 그 가족은 그곳에 더는 머무르지 못할 형편이었다.

모리의 어미인 별이는 아몬드 모양의 파란 눈을 갖고 있었다. 전체적으로 회갈색이 돌고 부분적으로 포인트가 있는 뱅갈 종으로 정말 어여뻤다. 아빠는 레몬 빛이 도는 페르시안 믹스였다. 주인 부부는 기왕이면 아빠까지도 데려가길 바랐고 나 또한 일가를 떼어놓고 싶지 않아서 결국 모두와 함께 돌아왔다.

데려온 가족은 몹시 낯을 가렸다. 집에 풀어놓자마자 구석으로 숨어들어 버렸다. 특히 어린 모리의 적대감은 두드러졌다. 그렇게 작은 녀석이 언제 이 험한 세상을 겪었답시고 잔뜩 경계하는 표정을 짓고는, 행거 뒤 구석에 처박혀서는, 다가갈라치면 밀어낼세라 '하악' 소리를 냈다.

애네들이랑 어떻게 친해가야 할지, 데려다 놓은 이 고양이들이랑 당장은 겉도는 느낌이었다.

그러다 밤이 왔다. 누워있다 잠깐 깼을 때였다. 불을 켜보니, 일가족 세 마리가 내 머리맡에 고스란히 모여 웅크리고들 있었다. 웃음이 나왔다. 소심한 녀석들! 나와 이미 가족이 된 거군!

모리. 모리의 첫인상을 잊지 못한다. 순천의 아파트 베란다에서 제일 먼저 떠오른 생각들은 '샴이 맞기는 한가?', '제일 못생긴 탓에 형제들이 모두 입양되도록 마지막까지 남은 게 아닐까?', '잘못 걸렸다!' 등이었다. 그 당시의 모리에게는 샴이라고 딱 알아볼 만한 얼굴 포인트가 전혀 없었다. 연한 갈색의 밋밋한 얼굴에는 눈만 가늘게 쭉 찢어져 있었다. 웬 한 마리 못생긴 고양이가 거기 있었다. 썩 맘에 들지는 않는 외모였고 요만큼의 귀여움도 아직은 발현되지 않아 보였다.

이러다가도 자라면서 과연 포인트가 생겨나기는 할까? 싶었지만, 기대는 좋은 쪽이든 그렇지 않은 쪽이든 사람의 예상을 배신하려는 방향으로 움직여 가는 법이다. 한 주 두 주 한 달 두 달이 보태어지면서 모리의 얼굴과 온몸에는 갈색 포인트가 나타나 점점 진해지더니, 진짜로 한 마리의 어엿한 샴이 되기에 이르렀다. 이전의 못생긴 새끼 고양이는 온데간데없이 사라져버렸다. 크면서 예뻐진다는 말이 이런 것이었다. 신기하게도, 쭉 찢어졌던 눈마저도 둥글고 커져서는, 모리는 어느새 완연한 미모의 몹시 귀여운 한 마리 샴고양이로 탈바꿈되어 있었다.

모리와 엄마 고양이 별이

운명에는 손이
두 개만 달렸을까?

다 쓴 통을 버리는 보람,
새 노트를 쓰는 재미

3. 8.

새로운 한 주가 시작되었다.

새로운 한 주란 언제든 시작되어왔다.

하지만 늘 살던 시간과는 달리 이른바 '의미'를 지닌 구간이
나타난 이후 새로이 넘겨 가는 시간의 페이지들이란 마치 처
음 열어 쓰는 노트와도 같다. 그리고 이 장들의 끝에 뭐가 적
힐지는 알 수 없다.

　지난주의 적응 기간을 거쳐 또 다른 월요일이 밝은 지금,
지난주까지 쓰던 노트가 다 되어 새로운 노트를 꺼내 들었다.

파란 줄이 쳐지고 어린 왕자 컨셉으로 디자인된, 리우데자네이루에서 산 노트. 막 시작한 이 새로운 노트엔 낱장으로 뜯어낼 수 있게끔 절취선이 있어서, 뜯어내어 편지 쓰고 싶은 마음이 들기도 한다.

모리의 병명을 처음 알게 된 지난주 토요일만 하여도 이 일기를 쓰게 될 줄 몰랐다. 언제까지일지 알 수 없는 나날들이다. 의학적으로는 최소 45일에서 5개월 정도에 이른다고 알려진 예상 생존 기간의 어느 중간에 모리가 마침표를 찍게 될지, 지금으로서는 알 수 없다. 얼마나 남았을지 모를 날들에 배 곯지 않고 덜 아프게 그리고 사랑 가득한 손길 속에 지낼 수 있게 도와주는 일만이 숙제로 남겨졌을 뿐.

앞으로 몸이 점점 변형되면서 모리에게 고통이 올 일, 그런 모리를 조마조마 지켜봐야 함이 걱정이다. 그리고 이 암 선고와 더불어 내겐 또 다른 종이 울리기 시작했다. 고양이들과 함께한 지난 20여 년이 이제 뚜렷이 끝나간다는 알림음. 나의 한 시대가 어느새 폐막에 이른 것이다. 이 사실이 마음 깊은 층을 흔들며 파고들어서 견딜 수 없는 기분이 되어버렸다. 계속하여 눈물을 터뜨리곤 하다가, 지난주부터 우연히 적어 내려간 이 '고양이 일기' 쓰는 행위가 내게 적지 않은 위안이자 그다음 순간들을 디뎌 갈 지팡이가 되어갔다. 그리하여 고양이들과 관계되어 떠오르는 상념을 하나도 놓치지 않겠다는 듯 시시때때로 적고 있다.

사료를 갈아 주사기로 넣어주는 행위가 마치 하나의 의식처럼 여겨지기 시작했다. 처음에는 번거롭지 않을까 생각도 들었지만, 막상 해보니, 습관처럼 밥그릇에 사료를 쏟아줄 때와는 달리 좀 더 공을 들이는 기분이 들기도 했다.

이렇게 공을 들여봤자 죽는 건 마찬가지다. 결론들의 세계에선 그러하다. 이 세상에서 제아무리 반짝이는 어떠한 현상도 결론이라는 거울에 비추어 허망하지 않은 것은 없다. 그렇게 애써봤자 결국은 죽음이 종착역이라면 구태여 왜 기를 쓰며 살아가는가? 가 이 지구 위 존재로 종사해 온 그 모두의 울부짖음이었을 거다.

인간의 날들을 사는 동안 나 또한 꾸준히 그 울음을 집어삼키고 다시 길어 올리길 거듭해 왔다. 뭐라 말해도 무를 수 없이 서러운 우리, 살아 있는 존재들.

그런데 나의 모리는 마치 작은 그리스도처럼, 생을 마쳐가면서 내게 가르침을 주고 있다. 먹이고 섬기고 보살피는 일이야말로 허망하지 않다고. 그 순간에 서로를 머무를 수 있게 하는 힘이고 재미고 보람이라고.

샴푸나 알약을 모두 소진하고서 그 통을 버릴 때면 후련해진다. 이런 소비를 통해 그 무엇을 이룬 것도 없건만, 소비 행위의 작은 일단락은 이상한 보람으로 다가온다. 마지막 장까지 노트를 채워 쓰고서, 이제 어떤 새로운 노트를 쓸까 고를 즈음이 되면 역시 또 설렌다.

헌 것을 버리고 새것을 여는 재미. 반복되는 일상의 막연함과 지루함은, 주기성을 가진 더 작은 단위로 쪼개져 두루마리 휴지의 절취선 같은 간막이 형성될 때, 견딜만한 정도를 넘어 하나의 리듬이 된다. 이 리듬은 일정 간격 안에서 거듭되며 늘 예민하고 활달하게 변주된다.

3. 9.

하루 이틀 사이 모리는 자주 침을 흘린다. 턱이 계속 변형되고 있어서 침의 흐름이 잘 제어되지 않는다. 입으로 먹는 것도 더욱 불편해졌다. 벌써 이렇게 되다니, 관을 통한 사료 공급이 정말 다행스럽다. 이런 과정을 불편해하여 받아들이지 않으면 어쩌나 싶었던 처음의 생각은 기우였다. 사료를 넣어줄 때면 그릉그릉 소리를 낸다. 비록 입으로 먹지는 않는다 해도 무언가가 목구멍으로 흘러가면서, 배고픔이 사라지는 느낌을 받는 걸까?

지금 푹신한 방석 위의 모리는 물방울 모양 인형과 더불어 편안해 보인다. 오늘은 고양이 치유 음악 대신 쇼팽을 틀어주었는데, 어느 치유 음악 못지않다. 이별곡이 흐른다. 쇼팽의 이별곡과 함께라면 이별도 삭막하지 않고 한껏 부드러울 수 있을 것만 같다.

이 글을 흘겨 쓰고는 이제 곧 도수치료를 받으러 가야 한다. 나의 힐링 시간이 될 터이다. 도수치료를 받는 와중에는, 요새 내가 고양이 돌보는 이야기 그리고 바로 이 치료사분이 추천해 주어서 보게 된 넷플릭스 시리즈 <종이의 집>에 대해 대화하게 될 것이다.

봄은 발바닥부터 온다

3. 12.

집에선 실내화를 신는다. 바깥세상에선 꽃들이 번호표를 들고 까치발로 자기 순서를 기다리는 사이, 내 발바닥에선 자주 땀이 난다. 실내화를 잠시 벗고 발을 말리곤 한다. 시간의 흐름에 따라오는 이런 작은 표지조차 마음 쓰인다. 평범한 계절 변화조차 이젠, 마주하고 싶지 않은 순간이 점점 가까워진다는 징표로 와닿는다.

이케아에서 산 발판에 앉아 이 글을 쓴다. 모리는 뒤쪽 편한 가죽 의자에 누워있다. 가끔 몸을 돌려 모리를 쓰다듬는다.

정말이지 세상일이란 알 수 없다. 눈을 뜨고 감는 모든 사이 그리고 잠자느라 누워있는 시간조차 우리는 운명의 두 손에 저글링 당하고 있다. 그런데 운명에는 손이 두 개만 달렸을까?

이 노트를 살 때만 해도 여기에 무슨 이야기를 적게 될지 작정도 기대도 할 수 없었다. 지난겨울에 그토록 자주 눈이 내려주어 우리를 기쁘게 해줄 줄 몰랐듯이. 앞으로 몇 년은 더 살 수도 있을 것처럼 눈이 초롱초롱한, 고양이에게 붙여지는 애칭 '나비'가 날개 달린 나비라고 느끼게 할 만큼 가볍고 탄력 있게 점프하던, 아직도 영락없이 아가의 얼굴을 한 모리에게 이 겨울 끝에 닥쳐올 일을 어찌 짐작이나 할 수 있었을까? 이 청천벽력은 예고도 소리도 없이 사뿐했다. 하여 알아챌 겨를이 없었고, 지금까지도 여전히 비현실적인 느낌이다.

이 노트에 모리의 일 그리고 나의 고양이들에 대해 적게 될 줄 몰랐다. 어디서 왔는지 모르게 마치 하늘에서 뚝 떨어진 듯 차례차례 나타나 내 옆에 머물러온 고양이들. 어린 왕자와 여우가 그려진 이 노트에 적어가다 보면, 고양이들이 어린 왕자 이야기 속 여우 같다.

'이 아이들은 나와 처음부터 한 세트를 이룬 영혼이 아니었을까?' 이 아이들과 한참을 지내고선 자연스레 이 생각이 떠올랐다. 고양이들과의 인연은 사람들하고의 인연 이상으로 진하고 붉은 실로 묶여 있는 것만 같다. 이 실은 사람들하고의 것보다도 뚜렷하다.

너를 근심하는 날이
하루라도 길었으면

 모리는 막내다

3. 13.

숨은그림찾기 책을 마쳤다. 새로 주문하려고 한다.

관으로 사료 공급해준 지 2주가 지났다. 한 번에 주사기 4개씩 하루에 다섯 번 먹이다가, 매번 4개씩은 좀 과한가 싶어 며칠 전부터는 3개와 4개씩을 교대로 먹인다.

오늘 또 병원에 간다.

토요일 아침이다. 긴장이 힘줄들을 잡아당기는 나날들이 이어지면서 온몸에 피로가 쌓였다. 자고 나도 일정량의 피로가 남아, 이 묵은 피로 위로 그다음 날의 새로운 피로가 쌓여

가며 뒤섞인다. 도움이 될까 싶어 발포 비타민을 마시기도 하고 포도주스를 사 오기도 했다. 페레로로쉐 초콜릿도 자주 까먹곤 한다.

이제는 돌보는 과정에 적응되어 처음처럼 어렵진 않음에도 이 끊이지 않는 긴장감은 어디에서 유래하는가? 아마도 무의식, 거짓말이라곤 할 줄 모르는 무의식의 반응이리라. 닥쳐온 사건을 겉으로는 자신에게 납득시킨 것 같지만, 이 사건이 던지는 파장을 실은 아직도 이질적으로 느끼고 있음이다.

지난해 먼저 간 맏이 때하고는 경과가 달라서일 것이다. 그 아이는 나이가 들며 점진적으로 쇠약해 갔기에 그에 맞추어 내 마음도 준비되어 간 셈이었다. 그 죽음은 고양이 주인에게는 그럭저럭 앞을 짐작할 만한 비교적 친절하고 일반적인 형태였다.

하지만 모리는 나날이 커지는 종양만 아니라면 아직도 아가 같은 모습이다. 도무지 곧 죽을 고양이로는 보이지 않는다. 식욕도 여전하고 눈빛도 또랑또랑하다. 저 딱딱한 종양을 흐물흐물 액체처럼 녹여 주사기 같은 것으로 뽑아내는 상상이 자꾸만 든다. 그렇게 아무렇지도 않게 처리해 버릴 수 있을 것만 같은 종양. 그럴 수만 있다면!

이성적으로는 모리에게 내려진 선고를 받아들였다 하더라도, 살아 있는 것에 대한 살아 있는 것의 반응은 마음대로만은 되지 않는가 보다.

어쩌면 고양이는 우리와는 다른 직감의 세계 속에 사는 듯도 하다. 로리와 모리는. 작년 제롬이에게 죽음의 징후가 뚜렷해지자, 이 죽어가는 형제 곁에 다가가지조차 않았다. 한번 냄새를 맡더니만 피해버리며 본척만척했다. 평소 같지 않았다. 이미 죽음으로 들어가기 시작한 맏이와 남은 고양이들은, 삶과 죽음이라는 서로 달라진 영역을 갈라 지키듯 했다. 산 고양이들은 이런 식으로 죽음으로부터 빗겨 서 있었다. 이전에 정겹게 나누던 그루밍이나 킁킁거리며 아는 척하기 등 일상의 제스처들을 모두 접은 채.

지금은 아직 로리가 모리를 핥아주기는 한다.

나의 세 마리는 모두 고양이로서의 천수를 누렸다. 모리는 19살, 로리는 20살이 되었다. 작년에 간 맏이는 당시 20살이었다.

그런데 처음으로 헤어짐을 맛본 건 이보다 더 오래전이었다. 순천에서 모리와 같이 데려왔던 어미 별이가 제일 먼저 떠났다.

고양이는 아픈 기색을 여간 잘 드러내지 않는 동물이라, 어느 순간 밥 먹기를 거부하면 그건 이미 위독한 거였다. 그렇게 별이는 병이 드러나자마자 떠났고, 끝내 진짜 병명은 알지 못했다. 그때까지 사람이고 동물이고 그 어떤 죽음도 겪어 본 적 없던 나에게 별이의 떠남은 얼마간 죽음에 대한 학습 같기도 했다.

사파이어 별빛 고양이

어쩐 일인지, 오래전 세상을 뜬 고양이 별이가 내 방문 앞에 앉아 있는 것 같다. 지금 저기 있는 것만 같다.

별이가 세상을 뜰 무렵, 그해 크리스마스까지도 이렇다 할 징후가 없었다.
애초에 별이는 연이은 두 번의 출산으로 인해서인지 다른 고양이들보다는 좀 가볍고 약해 보이긴 했었다. 하지만 그중 털은 제일 보드라웠고 사파이어 빛 아몬드 형태의 눈은 그제까지 보아오던 고양이 눈 중 제일 고왔다. 사람에겐 한없이 다정했으나, 낚싯대나 캣닢 쥐를 던져주면 야생동물의 본성을 드러내듯 눈이 빛나며 몸이 날래지곤 했다.

이러던 아이가 크리스마스 지나서는 식욕이 떨어져 갔다. 그렇다고 아주 안 먹지는 않았기에 그저 잠시일 거라 여기며 그리 주의 깊게 챙기지는 않았다.

그해 나는 어떤 라이브 클럽에 자주 출몰했다. 거기엔 당시 내가 좋아했던 인디밴드가 자주 오곤 했다.

그 클럽의 어느 저녁. 나는 리바이스 진과 블루 그레이 점퍼 위에 내가 뜬 목도리를 두르고, 방울 달린 하얀 니트 모자를 쓰고는 홀에 앉아 있었다. 그곳 조명은 나의 흰 모자와 목도리를 실제보다 한층 새파란 형광으로 두드러져 보이게 했다. 그 모자 빛깔 때문이었을까, 누군가 말을 걸어왔다.

"여기 앉아도 되나요?"

"아, 비어있어요."

"아, 저기서 보니 모자와 목도리가 눈에 확 띄어서."

이런 짤막한 대화가 오갔고.

나는 무심히 작은 병맥주 몇 모금을 들이켰다. 그사이 그가 명함을 내밀었다. 지금 와선 얼굴 생김새는 전혀 기억나지 않는다. 안경을 끼었는지조차 역시 모르겠다.

　명함을 들여다보니 그는 다른 도시의 동물병원 원장이었다.

　"아, 동물을 보시는군요? 저 고양이들이랑 살아요."

　"아이들 나이가 어떻게 되죠?"

　"9살 8살 7살 이렇게…."

　"아 그래요? 고양이들 나이가 그 정도 되면 서서히 마음의 준비를 하셔야겠는데요?"

　"고, 고양이가 그렇게 짧게 사나요?"

　"그렇죠."

　그와는 고양이 이야기 외 다른 대화는 생각나지 않는다. 애초에 그가 작업을 걸러 왔을 수도 있다고 여겼지만, 실제로는 고양이 토크가 전부가 되었다.

　그가 고양이의 수명을 그렇게 말했지만, 이때만 해도 그의 예고가 아직 현실로 다가오지는 않았다. 고양이와 잘살고 있는 내게 왜 생뚱맞게 죽음 이야기일까 하는 느낌 정도였다.

며칠 후 시내 영화관에서 영화 <이베리아>를 보았다. 영화를 보고 나선 양장피를 먹었다. 그런데 귀가하자 별이가 완연히 아파 있었다. 별이의 질병과 양장피 사이에는 아무 관계가 없지만, 양장피를 먹은 직후에 별이 상태가 급격히 나빠진 걸 확인했던 기억 탓에, 아직도 양장피 먹고 싶어질 때마다 가슴이 서늘해 온다.

동네 병원에 데리고 갔지만 여기서는 의사가 퇴근하면서 수액 처치 시기를 놓쳤다. 그래서 이번엔 고양이 동호회원들에게 문의하여 다른 병원을 찾아갔다. 급히 이런저런 검사를 했다. 예측되는 병은 복막염이었다. 검사 후 입원을 시켰고 의사 선생님은 별이가 소변을 무사히 보는 것까지 확인하고 귀가하셨다고 했다.

이튿날에 전화를 받았다. 예상 밖의 소식을 들었다. 병원에 도착하자 별이는 이미 싸늘하게 굳어 있었다.

그럼 그 며칠 전 클럽에서 느닷없이 내게 마음의 준비를 일깨워 준 그 의사는 고양이의 저승사자라도 되는 셈이었나?

동물 장례식장이라는 데를 처음 가보았다. 주변이 황막한 들판이었다.

장례 과정과 물품의 사양을 소개하는 분은 전국 각지의 동물 주인들이 갖은 동물들을 데리고 온다고 했다. 심지어 반려 악어까지. 눈물에 젖어 있다가 순간 웃음이 나오는 걸 참지 못했다. 악어라고? 그 커다란 동물이 들어갈 관이나 있을까? 하면서.

"모리는 걱정하지 마, 잘 돌봐줄게. 별아, 잘 가!"

별이는 나의 마지막 인사를 받으며 떠났다. 장례식장에서 돌아오는 길, 눈 몇 점 흩날리는 하늘이 아예 높이의 개념조차 사라진 듯 뻥 뚫려, 내가 그 천공으로 휩쓸려 드는 듯했다. 이게 슬픔이구나, 슬픔의 얼굴을 만지는 기분이었다. 화장 직후 고온에서 뭉쳐 만든다는 엔젤 스톤이 담긴 유골 단지를 받쳐 들고 돌아가는 길, 이 작은 항아리마저도 없이 돌아갔다면 상상할 수도 없이 공허했으리라 싶었다. 단지를 쓰다듬으며 계속 눈물이 났다.

이른 아침의 장례를 마치고 돌아와 머그잔 가득 커피믹스를 타 마셨다. 평소에 가장 쉽게 마음을 달래는 방법이었던 커피믹스. 그러나 이번만큼은 그렇지 않았다. 사과와 오이조차 즐겨 먹는 특이한 식성의 별이가 평소 자주 탐하던 게 바로 커피 향이었다. 마시고 막 내려놓은 잔 속에 곧장 얼굴을 넣어 할짝거리곤 했었다. 커피를 다 마시고 나자 슬픔이 몰려왔다. 이제 커피를 마셔도 잔을 핥으러 오는 고양이가 없는 거야, 일상의 자리에서 발견한 슬픔의 첫 흔적이었다.

커피를 좋아하던 별이

마음이 연옥으로 떠나 며칠간 돌아오지 못했다. 당장 오열을 일으키는 진한 슬픔과는 또 다른 느낌이었다. 그보다는 이제 내가 이 세상에 속하기 어려워진 것 같았다. 마음이 별이를 따라가기라도 한 것처럼, 다시 세상으로 돌아가고 싶지 않았다.

사흘 후, 언젠가 절에서 사 온 호랑이 그림에 액자를 하러 갔다. 회색 호랑이 같던 별이 대신 벽에 호랑이 그림이라도 하나 걸어두어 마음을 달래기로 했다.

돌아와선 거실에 앉아 남은 햇빛을 넣어 커피를 마셨다.

이 햇빛 속으로 늘 듣던 음악이 섞여 흘러들고 있었다. 샘 리의 기타와 목소리였다. Another Tale, 그때까진 무심히 듣던 곡조였다. 그런데 이번엔 샘 리의 목소리가 나를 햇빛과 형체의 세계로 다시 데려다주었다.

그런 직업군도 있나 보다. 저승사자의 반대편 역할을 가진, 아직은 저승에 갈 때가 안 된 사람들을 다시 지상으로 데려다주는. 그들의 주된 임무는 영혼들을 에스코트하는 일이지만, 따스한 손으로 기타를 뜯는 그들이 싣고 다니는 알뜰한 곡조는 덤이다. 그 덤의 포근한 빵을 뜯으며 지상의 거실에서 커피를 훌훌 넘겼다.

사별

– 별이에게

어제와 오늘 사이에
작은 둥지를 틀어
그 안에 너와 나
폭 싸 안고 싶구나

고흐냥이

나의 맏이는 제롬이라는 본명 외에도 수많은 애칭으로 불렸
다. 롬냥이, 고흐냥이, 흐냥이, 흐라소니 등. 가장 자주 부른
이름은 고흐냥이였다. 반 고흐와도 같은 예술혼을 가진 고양
이라는 뜻이었다. 생애의 태반을 고흐냥이로 살던 녀석이 말
년에 이른 어느 날 나는 말했다.

　"이만큼 살았으면 너는 고양이 계의 신령님인 거야."

이로부터 녀석을 프랑스어 정관사 르le를 붙여 '르고양이'라 부르기 시작했다.

말년의 르고양이가 쇠약해 가는 과정은 전체적으로는 하향 곡선을 그려가는 가운데 한시적으로는 오히려 더 건강해진 듯 보일 때도 있었다. 남은 불씨가 다시 지펴지기라도 하듯 겉으로는 호전된 모습을 보였다.

작년 3월쯤엔 정말 곧 갈 것처럼 보였다. 대소변 통제가 가끔 안 되면서 이불 위나 방바닥 위에 지리기도 했다. 힘없이 누워있는 모습을 보고 있자면, 몸만 껍데기처럼 여기 남겨두고 정신이나 영혼은 어디 아득히 먼 데로 빠져나가 있는 것만 같았다.

그렇게 당장 죽을 것처럼 보이던 르고양이는 이후 잠시 활력을 되찾은 듯 이전처럼 있는 한껏 세차게 울었고(본래 울음소리가 이웃에게 민폐가 될까 걱정이 될 정도였다), 사료도 오독오독 왕성하게 씹어댔다. 이대로 한동안은 더 살 수도 있겠거니 했다.

그런 채로 두세 달을 더 살아냈다. 이 기간을 나는 어디까지나 인간 중심적으로 받아들였다. 준비가 덜 된 나를 위해 제롬이 있는 힘을 다해 좀 더 살아준 거라고, 그렇게 이별을 늦춰준 거라고.

특히 세 마리 중 가장 내 마음의 비중이 많이 실려 있던 고양이인 자기의 죽음을 내가 좀 더 부드러이 받아들일 수 있게끔, 자신의 죽음을 잘게 잘게 씹어 죽처럼 만들며 최후의 시간을 늦추었던 것만 같았다. 이 녀석은 유독 '사람의 마음을 가진 고양이'였기에 더욱 그렇게 믿어지는 것도 무리는 아녔다.

그렇게 르고양이가 떠나가자마자 갑자기 모리가 르고양이처럼 세차게 울기 시작했다.

민들레, 씀바귀, 다음 주에 먹을
봄나물의 이름들을 적어본다

3. 14.
아침밥을 먹고 난 모리는 고개를 한쪽으로 떨군 채 자고 있다. 종양의 무게로 인해 무거워진 쪽의 반대 방향으로 얼굴을 기울이고서. 무게를 견디는 방식으로 보인다.

내가 잠을 떨고 일어나 주방 쪽으로 걸어 나오면 모리는 다가와 힘차게 울며 아침을 조른다. 아이의 병이 드러난 후 이 모습은 반가움 이상이다. 아침을 조른다는 그 흔한 일상성 이!

오늘 아침엔 원래 주식이었던 닭고기 캔을 대신하여 만들어 놓은 액체 사료를 접시에 부어주었더니 말끔히 싹싹 핥아 먹었다. 이렇게 먹은 양만도 주사기 한 개 분량은 되었다. 아프기 전처럼 씹어 먹지는 못하지만, 핥는 데엔 지장이 없어 보인다. 먹는 즐거움을 주고 싶어서 하루 두 번은 이렇게 먹이기로 한다.

고양이 진정 음악 대신에, 지난겨울에 배경음악처럼 자주 흘려놓았던 스노우 재즈를 틀어보았다. 모리와 더불어 무사 안일했고 그저 포근하기만 했던 겨울날들을 잠시 불러들여 보듯이. 거실 소파 옆에서 이 글을 쓴다. 소파 위에선 삼색 고양이 로리가 새근새근 자다가 가끔 신음을 내어 뱉곤 한다.

모리는 남은 날들의 n분의 일을 살았고, 나도 마찬가지다. 남은 시간이 얼마간이건 n분의 일이라 환산된다니, 이때 사용되는 n이라는 알파벳이 신비해진다.

내게는 요긴한 기록인 이 글들을 블로그에도 남겨놓을까 하다가도, 누군가 읽고서 잠시라도 아파질까 봐서 가끔만 올리게 된다.

하지만 막상 당사자는 어떻게든 적응이 되는 법인가보다. 죽음의 임박도 처음엔 치명적 사건으로 고지되지만, 이후엔 필요한 보살핌이 그냥 생활이 되어간다. 리듬조차 생겨난다.

단지 많이 피로하다. 한약을 지어 먹어야겠다. 창밖을 흘긋 내다보면서, 다음 주에 해먹을 봄나물들을 적어본다. 민들레, 씀바귀, 방풍나물….

어제 병원에선 모리의 피검사 결과, 인 수치가 올라가 있었다. 인 흡착제를 사료에 섞어 먹이기로 했다.

어차피 죽게 될 거 왜 이거저거 해주며 공을 들여요? 허망하지 않아요? 라고 누군가 물어온다면, 입 밖으로 꺼내지는 않더라도 속으로는 그렇게 생각한다면, 그렇다면 질문을 고스란히 되돌려줄 수도 있을 것 같다. 그럼 당신은요? 어차피 죽을 건데 왜 그리 열심히 살아요? 집은요, 가구는요, 차는요, 아이들은요, 적금과 보험은요, 부동산은요, 각종 일기와 그림일기, 다이어리 꾸미기는요?

다음 주엔 생기 넘치는 봄 시장에서 민들레와 씀바귀를 사야겠다.

쑥버무리

3. 28.
지난주에 산 쑥으로 쑥버무리를 해 먹었다. 급성 후두염이 아직도여서 곧 약도 챙겨 먹어야 한다.

꽃 피는 즈음엔 늘 이렇듯 날씨가 심술궂었던가? 올해는 유독 신경 쓸 일이 많아 몸이 예민해진 나머지 날씨의 파장을 더 세게 느끼는 것인가? 특히 어제는 비에 바람에, 유난했다.

모리의 턱 상황이 악화되어간다. 침이 통제가 안 되어 늘 줄줄 흐르고, 자꾸 입안을 이빨로 찍어대서 피까지 자주 흐른다. 늘 닦아주고 있지만, 그만큼 방석 커버와 인형의 세탁 빈도도 늘어났다. 이틀에 한 번씩 빨아주다가, 주말인 어제는 아예 여분의 덮개와 인형을 몇 개 더 사기로 했다.

손쉽게 자주 빨아 쓸 만한 면 덮개를 시장에서 두 개 샀다. 그런데 인형은 눈에 띄지 않았다. 이 지름 15cm 남짓한 물방울 인형과 비슷한 것을 찾아 두 군데의 문방구와 다이소, 홈플러스의 완구 코너 등을 헤매었다. 꼭 어제 사지 않아도 되는 것이었건만 오기라도 난 듯 우산을 받쳐 든 채 찾아다녔다. 빗길을 돌아다닌 통에 신발이 몽땅 젖어, 지금은 깔창을 꺼내놓고 말리는 중이다.

어디선가 자주 본 듯도 한, 작고도 흔해 보이는 그것이, 막상 필요해져서 찾기 시작하자 어디서도 눈에 띄지 않았다. 결국엔 인터넷에서 주문했다.

사은품으로 받아온 물방울 인형이 이렇게 적절한 것일 줄은 몰랐다. 모리가 아프고 불편한 날들에 저렇게 딱 맞는 걸 주게 되다니! 모리는 저 인형을 즐거이 베거나 안거나 그 위에 다리를 올려놓거나 하며 지낸다.

새벽녘에 모리가 다가와, 자고 있던 나를 깨우기도 한다. 턱을 닦아주고선 안고 쓰다듬어 주고 나면 그제야 자기 자리로 돌아가 다시 잠을 청한다. 이럴 때마다, 아이가 말을 못 해 그렇지 많이 아픈 게 아닐까 싶다.

모리 발병 이후 언제 어떻게 될지 모르는 상태로 지내다 보니 줄곧 긴장이 이어진다. 나중에 지금을 돌이켜본다면, 그때는 어떻게 살아내었을까 하게 될 것 같다. 이런 날들에 몸이 버겁다가도, 더이상 이럴 필요가 없어질 미래에서 바라보면 지금이 무척 그리우리라 하면서 지금을 한 번 더 머금는다. 아픈 모습으로나마 바로 눈앞에 살아 있고, 움직이고, 숨소리를 들을 수 있고, 미비하나마 서로 대화 비슷한 걸 나눈다는 게….

끝이 아니라
마무리라 부른다면

 오늘은 여느 해의
3월 마지막 날이 아니어라

3. 31.

눈앞에서 나날이 병의 징후가 커가는 모리를 돌보는 요즘, 이
과정이 그냥 삶 자체의 비유라는 생각조차 든다. 아무리 열심
히 돌본대도, 마지막 날이 저기 가까이 있다. 시간과 정성과
돈을 들여 밥과 약을 먹여도 결과는 정해져 있다.

그럼에도 마음을 다하여 걸어가는 것. 보상이 보장되어 있
지 않더라도 끝까지를 살아내는 것. 그런데 그 마지막 지점을
끝이 아니라 마무리라 부르고 싶다.

그리고 이 세상은 애초에 보상받는 공간으로 설정되어 있

지 않기에 기대할 것도 없다. 잠시 들렀다 가는 곳일 뿐, 정산하고 휴식하는 장소는 아닌 셈.

베개처럼 쓸 수 있는 작은 인형 일곱 개가 배달되어, 하루에 하나씩 갈아주고 있다.

3월 초에 선고를 받았을 땐 이달 안에 모리가 떠날 수도 있다 여겼는데 어쨌든 한 장의 달력은 넘기게 되었다.

꽃과 미세먼지

3. 31.

그저께엔 우쿨렐레를 수리하러 갔다. 고장 난 채 두 달 가까이 방치되어 있었다.

모리 턱의 이상이 발견된 게 2월 5일이었는데, 그다음 날인 6일엔 우쿨렐레에서 갑자기 큰 소리가 나서 살펴보니 브리지가 떨어져 있었다. 악기를 샀던 가게에 가져가면 쉬 고쳐질 것이었지만, 그동안은 경황이 없었다. 지난주는 후두염으로 근신 중이기도 했다.

우클렐레를 그대로 두고 보자니 계속 찜찜했다.

벚꽃이 만개하는 날 악기 상가 일대에도 화사한 빛이 흘렀다. 지도를 돌려보니 그 가게는 상가 안으로 이전해 있었다.

아저씨는 쿨한 어조로 두고 가라 했다. 11년 전에 산 것인데도 AS 해주시겠다고.

악기를 맡기고 나와 서점을 둘러보고는 화가님 전시회장에 또 한 번 들렀다 귀가했다. 대중교통이 애매해 택시를 탔는데, 집까지 오는 동안 기사 아저씨가 잠시도 말을 쉬지 않았다. 신호등 정차 동안 옆 차에서 창문 밖으로 얼굴을 내민 한 마리 개가 발단이었다. 이 개로부터 출발하여 반려동물 키우는 이야기, 소가 힘없을 때 먹여야 할 것들, 서로 상극인 동물과 음식 궁합에 대한 민간 상식들, 까지는 재미있게 들을 만도 했다. 그런데 요샌 선거철이라 바깥에선 허경영 후보 유세가 한창이었다. 이야기는 정치로 넘어갔고 그 결론은 전직 대통령 누구만 오지게 불쌍하다, 아무리 털어봤자 쌓아둔 재물이라고는 나오는 것이 없었다는 이야기였다. 피로가 몰려왔다.

후두염은 어느 정도만 가라앉고 시원히 낫지는 않은 상태다. 원래 진행이 그런 건지.

우쿨렐레 수리를 맡기고 돌아온 후 머리가 굉장히 아프면서 묘한 불면에 3일간 시달렸다. 잠이 아예 안 오지는 않지만, 아침 가까이 계속 깨면서 머리가 통 맑지 않았다.

어슴푸레로 여행하다

4. 3.
그저께는 우쿨렐레도 찾아왔다.

집 안의 고양이 신전과 식탁 위에는 벚꽃 몇 송이 띄워 놓은 접시가 아직 놓여 있다. 특별한 날에 누리는 작은 호사들. 비 오는 날을 빙자하여 기왕이면 커피믹스를 마신다. 보통 커피는 하루 한 번으로 제한하고 있지만, 비 오는 오전에는 한 번 더 허용한다. 또 하나의 호사로는, 제일 좋아하는 메뉴 중 하나인 만두를 먹기로 했다.

꾸던 꿈을 연장하여 마저 꾸려고 이불 속에서 미적거리는 동안, 오늘따라 방 앞에서 두 마리 고양이가 동시에 울어댔다. 약간 높고 또렷한 모리의 울음소리, 그 소리가 들리면 벌떡 일어나진다. 언제까지고 들을 수 있는 소리가 아닌데 하면서.

세 마리 중 제일 장수하게 될지 몰랐던 삼색이 로리는 생일이 봄이다. 요새 이 아이는 햇빛 좋은 날이면 거실의 두 겹창문 사이로 자주 들어간다.

모리와 함께하는 마지막 생일을 보냈다. 언젠가 한적한 날이 오면 여행을 가고 싶다. 여행에서 내가 특히 좋아하는 부분이란, 좋은 걸 보거나 맛난 걸 먹거나 하는 것보다도 오가는 차편 속에서의 시간이다. 누군가가 운전해 주는 차에 실려 가면서, 창밖으로 흐르는 비일상적 경치들을 감은 눈까풀 밖으로 그냥 하염없이 스쳐 보내는 일. 틀어놓은 방송의 내용이 귓가에 희미해지면서, 깸과 깊이 잠듦 사이의 어떤 나라, 바깥과 안쪽의 경계가 사라지면서 양쪽의 풍경들이 섞이며 풀어지는 곳, 마음 세계의 내밀한 곡절들의 선線만이 협곡과 해안을 이루는, 그 익숙하고 늘 새로운 어슴푸레로 떠나고 싶다.

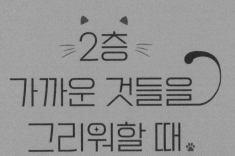

2층
가까운 것들을
그리워할 때.

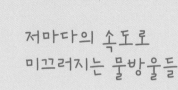

저마다의 속도로
미끄러지는 물방울들

 벚꽃 접시

작은 접시 속에서마저

벚꽃잎이 스러진다

물에 띄워 주어 고맙다 달싹이지

못할 입술을 끄덕이지

못할 고개를

손가락을 지니지 못하여

마지못해 선한 표정은

검은 건반 하나 내리누르지 못하는

그간 나날들이 흘러 새로운 달이 되었다.

스트레스와 환절기가 겹치면서 좀 앓았다. 급성 후두염과 알레르기 비염으로 3월을 다 보냈다.

그러다 맞은 내 생일. 생일에 가까워가면서 나는 삶 속의 기대와 희망을 점점 더 놓아 갔다. 미미한 감각만 남겨놓고서 떠돌고 맛보며 소일하고 싶어졌다. 저녁마다 넷플릭스 폐인으로 부활하곤 했다.

몇 년 새 나빠진 눈을 아껴 조금씩 읽고 싶은 작가들이 아직은 있다. 책을 신봉하지는 않지만 글은 사랑한다. 어쨌든 글쓰기의 쓸모는 부정할 수 없다. 무엇 하나 마음대로만은 되지 않는 현실 속에서 문자를 빌려 쓰는 행위란 그나마 드물게 자기를 느낄 수 있는 과정이다. 지금의 세계는 '너는 못났고, 얼마든지 고쳐져야만 해!'라고 끊임없이 헛된 목소리를 보내온다. 이 세계를 일일이 솎아 뽑아내기도 버겁다. 이렇게 주입된 관념이 과장되게 일그러뜨려 비추어 내는 자아상의 허물들을 혐오하느라 시간을 허비하는 나날들에, 더 진실하고 본질적인 자아를 만나게 해주는 글쓰기 매체가 깊은 위로가 되는 건 틀림없다.

아침엔, 아직도 모리가 살아서 내 생일을 깨워주었다.

거실 커다란 통유리창엔 빗방울이 가득하다. 저마다의 속도로 창을 미끄러지는 물방울들. 기억 작용이 일으키는 앞서거니 뒤서거니 인 양, 개중에는 무슨 생각이라도 더듬듯 더 천천히 떨어지는 물방울들이 있다.

초 없는 생일 케이크

4. 4.

어제는 참으로 잔잔하고 즐거운 하루였다. 그래서 잊을 뻔한 하나의 해프닝. 가게에서 케이크를 찾아왔는데, 상자에 붙여 놓았던 초 꾸러미가 빗줄기 속 어딘가에 떨어져 버렸는지, 꽂으려는 찰나에 보이지 않았다. 처음으로 케이크에 초를 올리지 않은 생일이 되었다.

세 아이 모두와 함께한 생일은 작년이 마지막이었고, 모리와는 올해가 마지막일 것이다. 아이들의 생일을 나는 모른다. 데려올 때의 크기로 보아 대략 추측할 뿐이다. 로리와 모리는

4월이고, 제롬이는 6월쯤이다. 한편 내겐 그 생일을 또렷이 아는 고양이들의 추억이 있다. 탄생 당시에 시간과 과정을 기록해 두었던 네 마리 아기.

별이를 데려온 직후였다. 데려온 바로 다음날 중성화를 시킬 수는 없으니 최소한 일주일이나 열흘은 지나 수술시키려 했었는데, 그사이에 아기가 생겨버렸다. 어쩐지 배가 불룩해 보여서 병원에 데려갔더니, 초음파를 통해 별이 뱃속에 꼬물거리는 귀여운 네 덩이가 관측되었다.

출산이 가까워지면서는 출산 상자도 만들어 놓고서 경과를 기다렸다.

고양이들과 살면서 어느 순간부터 '육묘일기'를 싸이월드에 적어놓고 있었는데, 그 효시가 아기 고양이들의 탄생이었다. 아기들이 태어나 자라는 과정을 처음부터 담아놓고 싶었다. 내 육묘일기는 별이의 초음파 사진으로 시작된다. 생명의 탄생과 존속 현상을 시니컬한 시각으로 바라보며 살던 나는 별이의 출산 과정을 지켜보면서 다른 시야를 갖게 되었다.

싸이월드 클럽에 올린 글들을 이 포털 폐쇄 전에 모조리 백업해 두어서 다행히도 이 소중한 기록이 모조리 남아 있다. 이 육묘일기는 약 10년 정도 이어진다.

싸이월드 시절의
육묘일기

 별이의 초음파 사진

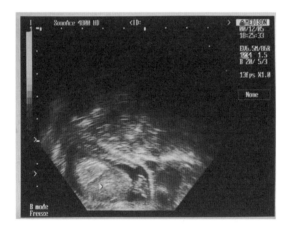

2003. 8. 15.

별이의 초음파 사진이다. 이거는 한 달 전쯤 찍은 거고, 어제
는 엑스레이로 찍어 별이 뱃속의 네 마리를 확인했다.

앞으로 일주일 안에 새로운 고양이 네 마리를 얻게 된다.
지금 있는 놈들이랑 모두 기를 수는 없어 세 마리는 입양시
켜야 할 것 같다. 그 생각을 하면 마음이 스산하다. 입양시킬
생각을 하는 고양이들이라 이름도 지어놓지 않았다.

출산 상자를 마련하고 신문지랑 수건도 깔아놓고 아기 고
양이용 분유도 주문했고…. 그런데 새로운 생명의 탄생은 기
뻐할 법도 하건만 한편 마음이 아프다. 다 길러주지 못하니
까. 잘 길러줄 곳 찾는 것도 숙제고. 이럴 땐 눈치 보지 않고
마음껏 여러 마리 기를 수 있는 내 집이 있으면 좋겠다.

입양 문제가 아니라도, 생명의 탄생이란 그게 고양이건 사
람이건 과연 축복받을 일인가 하는 생각이 떠나지 않는다. 삶
은 고통스러운 것이고 새로운 아이들이 살아야 할 곳은 열악
하니 말이다. 내가 잘못 생각하는 걸까? 누군가 다른 관점에
서, 아닌 이유들을 제대로, 우회하지 않고, 알아들을 만하게
내게 설명해줄 수 있다면!

생명은 불가항력인가?

8. 17.

생명은 불가항력인가?

　어제 아침엔 유난히 잠이 안 왔다. 아침 여덟 시 반이 넘도록 잠을 이루지 못하다 깜빡 잠이 들었다. 그런데 자기 전부터 별이가 수상했다. 책상 밑 구석진 곳을 핥고 여기저기 불안하게 왔다 갔다 하는 것이. 그런가 하면 다 큰 자식인 모리에 기대어 가쁜 숨을 쉬며 몸을 흔들기도 하고…. 아기를 낳으려 저러나 하는 생각이 절로 들었다.

　한 사십여 분쯤 좋았을까…. 무슨 소리에 깨어보니 이미 낳아놓은 새끼 한 마리가 내 눈앞에 뒹굴고, 이 갓난아이를 모리가 건드리고 있었다. 저쪽 구석에도 또 한 마리가 뒹굴고 있었다.

　잠시 후 내가 수건 빨러 다녀와 보니 그사이 또 한 마리가 나와 있었고, 마지막 한 마리는 내가 지켜보는 가운데 거짓말처럼 그냥 '쑤욱' 나왔다. 모든 아이의 출산에 대략 두 시간 정도 걸렸다. 아주 쉽게 나온다는 사실에 놀랐다. 동물의 출산은 이렇게나 수월하다니!

어미 고양이는 새끼의 피 묻은 피부를 핥아주고 나서 곧 태반을 씹어먹는다. 그러고 조금 쉬었다 또 하나를 낳고 또 핥고 이런 식이다.

생각 외로 사람이 도와줄 일은 딱히 없었다. 그냥 젖은 물수건으로 몸을 닦아주고 머리를 쓰다듬어주는 것만으로도 별이는 꽤 고마워하고 있었다. 막 골골거리기까지 하면서. 새끼 낳는 걸 주인이 보거나 낳아놓은 새끼를 만지는 걸 싫어할 줄 알았는데 전혀 그렇지 않았다. 별이가 내게 보여준 건 절대 신뢰와 의존이었다. 내가 볼일 보러 문밖으로 나갈라치면, 입을 딸싹거려 '까'라는 소리를 내며 애처로이 쳐다보거나 따라 나오려 했다. 그 눈빛을 잊을 수 없을 거다. 나를 그저 밥 주는 사람으로만 여겨온 줄 알았었는데 그 이상으로 자기 새끼들의 보호자나 산파나 보모쯤으로 여기는 눈치였다.

별이의 출산이 끝나고서야 나는 겨우 눈을 좀 붙였다. 그런데 자다 보니 별이가 새끼 두 마리를 물어다 놓고서, 자기 몸을 내 몸에 밀착시킨 가운데 젖을 물리고 있었다. 이 구도를 흐트러뜨리지 않기 위해 한나절을 같은 자세로 머물러 있었다.

아직 새끼들은 눈조차 뜨지 못하고 있다. 그래도 경쟁적으로 젖을 빨아댄다.

다른 고양이들은 아예 내 방에 못 들어오고 있다. 어미가 문 앞에서 필사적으로 지키고 있어서다. 별이는 집의 고양이 중에서 가장 맹수 같았던 데다가 이젠 어미이기까지 하다.

어제는 너무 피곤해서 일기조차 적지 못했다.

고양이가 내 방에서 아기를 낳다니! 방엔 출산의 피비린내가 흘렀고, 평소와 다른 서기가 감돌았다. 이사 가더라도 이 방을 늘 기억하게 될 거다.

생명의 탄생에는 신비하고도 신령한 힘이 느껴졌다. 사람이 아니라 고양이 새끼라 할지라도. 엊그제만 해도, 어차피 무지하게 죽어갈 생명을 왜 모든 존재가 당연히 만들어 내나 하는 우울한 느낌에 빠져있었는데, 별이의 출산이 아주 자연스럽게 알려준 것 같은 뭔가가 있다.

지금까지도 방에 감도는 신령한 태기를 느끼며 그리고 늘 새로워지는 아침의 신선한 서기를 호흡하며 생각이 들기를… 생명이란 본디 영원한 것이며 끊어짐 없이 완전하고 불가항력적인 어떤 힘의 발현이다. 그런데 생명력을 받은 개체들로서는 아직 불완전하여 그 힘을 한 개체 내에서 완결시킬 수 없기에 피치 못하게도 죽음과 종식의 기운에 잠식되어간다.

그러나 생명 전체로 봐서는 완전히 굴복하는 것이 아니다. 자신으로부터 새로운 개체를 복사해냄으로써 생명의 반대 기운에 저항하는 것이다. 그러니 모든 개체는 어떤 근원적인 신성한 생명력 그 자체의 발현이고, 생명의 바다를 덮어 생명력을 소멸시키려는 이상한 허무의 정체에 대항하여 끊임없이 생성되는 병사들인 것이다.

어제는 탄생이라는 사건이 왜 신비하고 그 얼마나, 이미 존재하는 나머지 생명들에게 새로운 힘을 부여하는지가 대번에 와닿은 날이었다.

젖을 물려야 하는 별이에게 영양보충으로 분유를 타주러 가야겠다. 고양이용 분유는 아주 맛있는 냄새가 난다. 사람이 먹는 분유 같은 맛이 날 것만 같다.

갓 난 고양이

8. 18.

아직 갓난 고양이들은 눈을 뜨지 않았다. 탯줄은 길게 늘어져 말라가고 있다. 그렇게 말라서 자연적으로 떨어진다고 들었다.

아기들은 종일 젖을 빨고, 다른 고양이들은 어제까진 들어오지 못하다가 오늘에야 조심스레 들어와 한 번 빙 돌아서 살금살금 가고 싶은 자리로 가곤 한다.

어미는 먹을 걸 달라는 눈빛으로 자주 날 쳐다본다. 무릎에 올라 비벼대곤 한다. 고양이용 분유를 타 주면 한 컵을 모조리 벌컥벌컥 마시고는 다시 아기들에게 가서 곧장 젖을 물린다.

새끼들은 아주 작고 귀여운 똥을 싼다. 이렇게 신생아들의 하루하루가 가고 있다. 아가들이 태어나던 날로부터 3일째 비가 내리고 있다.

기어다니는 아가들

8. 22.

아기들 기어다닌다. 두 마리 정도가, 어미젖을 빨던 집 바깥
으로 나와 기어다니기 시작한다.

아가들과 함께 엄마젖 빠는 모리

별이의 아들 모리는 새끼에게 하악 소리를 낸다. 피를 나눈 동생이라도 단지 그 이유만으로 얼른 받아들이지는 않는가 보다. 개체가 개체를 받아들이기까지는 여러 가지 접근과 서로 점차 쌓아가는 무언가가 필요하다는 걸 느낀다. 아무 조건 없이 거저 친해지는 관계란 없다. 모든 만남은 뭔가를 교환할 목적으로 이루어진다. 일부러 작정하지 않는대도 존재 자체가 그 목적을 머금고 있는 것이다.

개체란 참으로 고독하고 배타적이네. 이미 그런 건데. 그 사실을 많이 되뇌며 살 필요까지는 없는 건데.

아기 고양이

아기들 눈 뜨다

8. 26.

태어난 지 며칠 흘렀는지 날짜는 세어보지 않았지만, 그저께
쯤 한 마리가 한쪽 눈을 뜬 걸 필두로 이제 모두 다 눈을 떴
다. 아가들은 줄을 지어 어미젖을 빨고, 좀 더 넓은 반경을 기
어다니기 시작한다.

　여름과 가을 사이, 아이들이 자란다.

몸무게

9. 1.

아이들의 몸무게는 대략 250에서 300그램 사이 정도 된다.
하도 작은 나머지 식품 다는 저울에 그냥 올려 놓일 정도다.
아이들 중 얼굴이 좀 큰 애 한 마리, 좀 더 하얘 보이는 애 한
마리가 있고, 나머지 부분은 다 비슷해 보인다.
　이들보다 4개월 더 먼저 태어난 형 모리는 애들을 발로 툭

툭 차며 신기한 듯 반응한다. 마치 고양이용 공이나 뼈다귀를 대할 때처럼.

이제 구월이다. 몇 가지 계획이 있다. 플루트 외에 요가도 하고 디카 활용법도 배우고. 일찍 일어나면 더 좋은데 병 때문인가, 가끔 일찍 일어나도 해롱거려 아무것도 못 한다. 뭘 좀 하고 싶어져도 몸이 안 따라줘 답답하다.

이해 나는 임파 결핵이 드러나 약을 먹고 지내었다. 플루트를 배우고 있어 매일 조금씩 연습했다. 에어컨도 없이 지붕에 물을 뿌려가며 지내던 무더운 옥탑방의 여름, 매일같이 아기들이 자라나고 있었다.

성장

9. 12.
아가들 가운데 제일 활발하고 무거운 놈이 400그램 조금 못 된다. 대개들 300에서 350그램 사이다. 이제 녀석들은 온 집

안을 쏘다닌다. 기어다니는 단계를 벗어나 걷게 되었고 심지어 달리기조차 한다. 아까 한 녀석은 고양이 화장실에 올려놓았더니 오줌을 조금 누었다.

이 녀석들이 자라면서 코, 다리 그리고 꼬리의 포인트 색깔이 뚜렷해지는 것으로 보아 샴고양이의 형태를 한 것 같다. 별이는 뱅갈 종으로 포인트는 있지만 샴은 아니다.

모리가 더 작을 때는 그 빛깔 때문에 샴쥐새끼라 부르곤 했다. 모리는 생후 다섯 달은 족히 되었음에도 갓난 새끼들과 함께 젖을 빤다. 엄마젖을 빨고 아빠랑은 사냥놀이도 한다. 부모와 함께 자라는 고양이라 그런지 성격도 참 무던하고 밝다.

그런데 신생아 네 마리는 모두 비슷비슷하게 생겨서 아직 누가 누군지 분간이 잘 안 된다. 좀 성깔 있게 생긴 녀석, 한쪽 발이 하얀 놈, 듬직하게 생긴 아이, 곰살맞게 예쁜 아이, 이런 식으로 알아보고 있다.

어미 별이에게는 하루에 두 번 정도 영양보충용으로 고양이 분유를 타주고 있다. 칼슘제를 갈아 넣어준다. 전기 포트 물 끓이는 버튼 소리만 나도 별이는 저 분유 타주는 줄 알고

벌써 난리가 난다.

지금까지는 새끼들의 분뇨를 어미가 입으로 받아먹고 핥아주어서 사람이 신경 쓰지 않아도 되었지만, 엊그제와 어제는 내가 자는 요 위에 소변 본 흔적이 남아 있었다. 냄새는 거의 없지만 이제 슬슬 배변 연습시킬 때가 온 것 같다.

이 아기들에 대한 육묘일기는, 애들을 몇 개월 길러 무사히 입양시키고 나서 새 주인들과 이후 연락을 취하고 재회하는 순간까지 이어진다. 이후의 일기들엔 남은 고양이들에 대한 많은 역사가 고스란히 담기게 된다.

옥탑방 고양이

고양이 장수비결?

아이들이 몇 살이냐고 누군가가 물어와 나이를 답해주면 다들 깜짝 놀란다. 고양이가 그렇게까지도 살 수 있는 거냐며 비결을 물어오기도 한다. 비결이라면 난 특별히 해준 것이 없다. 개체에 따라 체력이나 체질 차이라는 게 있는 법인데, 애초에 건강한 아이들을 만났다고도 볼 수 있다. 요새는 사료나 의료가 좋아져 집고양이가 예전보다 오래 살 수 있는 환경이 되었다. 나는 여러 마리랑 이렇게 오래 같이 살고도 사실 고양이 건강에 대한 지식은 별로 없다. 이따금 스켈링 해주고, 건강검진을 통해 전반적 상태를 체크 해준 게 전부다.

단지 동물병원 간호사님의 조언은 귀담아듣고서 그대로 따라 했다. 치아 관리와 신장 건강에 신경 써주어야 한다는 내용이었다. 그분에 따르면, 어릴 때부터 이 닦는 버릇을 들여 치아 관리를 계속해 주면 나중에 다른 병이 생겨 힘들 때조차 최소한 먹는 거엔 지장이 없게 된다는 점, 그리고 나이 듦에 따라 공통으로 취약해지는 신장을 고려하여 주기적으로 체크하고 평소에 충분한 음수량을 확보해 주어야 한다는 점이 핵심이었다.

2016. 5. 12.
제훈이다 초리
on the floor.

고양이란
보이지 않는 세계의 센서

 4. 9.

새벽부터 로리가 마구 울었다.

고양이들이 정처 없이 울 때가 있다. 밥이 부족하다던가 여타 별 특별한 이유 없이도 그냥 우는 것이다. 이럴 울음은 보통 내가 일어나 앉을 때까지 계속된다. 마치 날 깨워야 할 중대 사안이 있었다는 듯, 내가 나의 하루에 긴급히 출석해야 할 이유라도 있었다는 듯.

그 중대 사안이 뭔지는 모른다. 인간의 눈에 훤히 보여 파악되는 그런 일은 아니다. 우리 눈엔 보이지 않으나 고양이들에게는 감지되는 세계에서 무언가 조정되어야 할 것이 있을 때 그들이 힘을 다하여 운다고 추측할 뿐이다.

비가시 세계의 수호자들.

나의 세 마리 고양이가 동시에 우는 것은 아니다. 맏이가 있었을 때 그건 맏이만의 몫이었다. 그 아이는 생애 내내 정말 미친 듯이 울어댔다. 남이 들으면 고양이가 아프거나 학대라도 받는다고 여길 만큼.

맏이가 가자마자 이번에는 모리가 맏이와 비슷한 톤으로 울었다.

모리가 아프게 되자 이제는 둘째인 로리가 운다.

오늘은 몸을 일으키기 어려웠고 시야는 흐렸다. 지금도 머리는 무겁고 온몸이 무언가에 두들겨 맞은 듯 아프다. 모리 아침밥도 겨우 주었다. 고양이 진정 음악을 틀어놓고 밥을 먹이고서 나도 계속하여 이 음악을 듣고 있다.

세상의 파장이 극 이상하다.

스무 살 이전 나의 세계관에 밝음이라곤 없었다. 가족은 지옥이었고 학교란 부조리했다. 성장기를 그렇게 보내고 나자, 이 지구가 내리막길을 걷는 것처럼 여겨졌다. 종말이 멀지 않다 믿었다. 그 당시 지구 종말론은 여러 번 대세를 이루었다가 21세기로 넘어오면서 조금은 주춤하다.

　내가 바라보는 세상 속, 다들 무언가에 사로잡혀 도무지 제정신인 사람이 없어 보였다. 지하철을 타면 사람들에게서 생기라곤 느껴지지 않았다. 이미 죽어가는 세상을 억지로 돌리고 있는 형국으로 보였다. 물이 없는 곳에서 물을 상상하며 헤엄치고들 있는 것 같았다.

　그러다 서른을 넘기고부터는, 세상을 이렇게 느끼게 된 것을 모두 내 탓으로 돌리게 되었다. 내가 어딘가 이상하거나 잘못된 나머지 어쩌면 멀쩡한 세상을 그렇게 느끼는 게 아닌지, 나야말로 한갓 부적응자 아닌지 자신을 의심하며, 그렇다면 조금이라도 남 비슷한 척이라도 해볼까, 하는 모드로 이동했다. 이후의 시간은 말하자면 자아와 세상의 화해 내지 조화 쪽으로 움직였다. 나만 애써서 남 비슷하게 되면 그럭저럭 살아지지 않을까를 희망 삼으며.

　이렇게 지내오다가 고양이들을 떠나보냄을 계기로 이쯤서 다시금 자세를 고쳐 앉을 때가 된 것 같다.

　접시에 담아둔 꽃이 속히 시든다.

제롬과 모리

길들인 것이
가장 예쁘다

 봄은 저 밖에 있고

4. 14.

왜 어떤 시간의 토막은 자취가 없는가? 이게 악곡이라면 지금은 어느 악장을 달려가는가? 이 마디의 악상은 무엇으로 적혀 있는가?

이 일기는 처음엔 라르고Largo로 시작되어 한동안 갔다. 3월에는 일기를 거의 매일 쓰다시피 했다. 하지만 시간이 더 흐르면 악상은 바뀌어 간다. 체력이 늘 똑같이 유지되지 않는 까닭도 있겠다. 실제로 3월 중하순에는 꽃샘과 미세먼지 등이 겹치며 인후염에 걸려 목소리가 바뀌기도 했다. 증세를 가라앉히기 위해 꼬박 약 복용을 이어가면서는 시간이 더 빨리

갔다.

그러는 동안 모리의 상태가 바뀌었다. 일단은 벚꽃이 피었다 지도록 아직은 살아 있다.

한동안은 밥과 약을 먹이는 것이 일상이 되면서 내게 리듬조차 생기는 했고, 모리 역시 그리 침울해 보이지만은 않았다. 밤에 드라마를 보느라 거실에 나와 있노라면, 옆으로 다가와 쓰다듬어 달라고 요구하곤 했다. <빨간 머리 앤>에 나오는 예쁜 여우와 모리가 겹쳐 보였다.

그러는 와중에도 병은 진행되어 입에서 피가 점점 더 흐르게 되었다. 이 혈액 손실 때문에 빈혈 가까운 수치가 나와서 이번 주부터는 철분제와 항생제를 추가로 먹이기 시작했다. 피가 많이 떨어져 방석과 인형 그리고 자신의 털에 촘촘히 응고된다. 방석과 인형은 매일 갈아주고, 털은 수시로 물휴지에 물을 좀 더 묻혀 닦아주곤 한다.

근 며칠 새 모리는 밤에 한 번씩 내 옆으로 다가오곤 하던 습관을 멈췄다. 이제 거의 종일 의자 위에서만 보낸다.

내가 해줄 수 있는 거라곤, 먹이고 닦아주고 음악을 조금씩 바꿔가며 틀어주고, 2주일에 한 번씩 병원에 데려가는 것이다. 병원에 가면, 그동안 혈액 수치상 뭐가 더 악화되었는지 확인한다. 더욱 나빠지는 현황에 대한 점진적인 통보를 받으러 병원에 간다는 사실을 의무처럼 담담히 여기려 하지만, 다녀오면 한 번씩 기분이 처지고야 만다. 지금보다 일주 전 이주 전 한 달 전엔 늘 조금은 더 나았다고 여기면서. 이런 느낌들을 씹다 보면, 이 흐름이 정확히 우리네 긴 인생과 같지 않나 싶어진다.

뭐든 그 한가운데 있을 땐 어쨌든 견디게 된다. 지금 딱 그런 동력에 의해 이번 봄을 지나고 있다.

벌써 4월의 중순인데 갑자기 기온이 급감해서 다시 겨울옷을 꺼내입었다. 벚꽃이 가고서 신록이 시작되기 전의, 이를테면 중간 꽃샘인가?

요새는 하루하루 먹는 거라도 잘 해 먹으려고 매일 요리를 하는 데다 그 레시피를 일일이 적어두기까지 한다. 요리하는 순간엔 자아 통제감이 생겨나 즐겁고, 세상의 온갖 질료들과 연결되는 것 같아서, 잠시지만 외롭지 않다.

잘 해먹고선 가끔 버지니아 울프를 읽는 게 낙이다. 올해 내에 그녀 작품을 하나쯤 더 읽을까 한다. 그녀의 묘사를 따라가다 보면, 이런 느낌의 사람은 신경쇠약에 걸릴 수밖에 없다 싶다.

모리를 돌보느라 약간 사이드로 밀려나 있는 로리도 마음 쓰인다. 새벽녘에 한 번씩 울어대곤 한다. 겉으로의 징후는 없지만 어디 아픈 거나 아닌지 걱정된다. 얘도 이미 스무 살이라 같이 할 시간이 많은 건 아니다.

겨울 말에서 봄 사이 도서관 앞 화단에는 고양이들이 눈에 띄기 시작하더니 아예 자리 잡았다. 보통 세 마리 정도가 보이고 가끔은 다섯 마리가 될 때도 있다. 여기 들르는 일도 요즘의 낙 중 하나다.

로리

길들인 것이 가장 예쁘다

4. 15.

길을 걸었다

풀이 몰라보게 푸르러져 가고

초저녁 달을 보았고

지금은 망중한이다

또다시

내가 잠시 자리를 비우는 시간에도 모리가 외롭지 않게끔 늘 음악을 틀어준다. 지금 모리는 고양이 자장가 음악의 화면 속 고양이를 물끄러미 바라보고 있다.

막상 닥쳐보니 시한을 알 수 없는 간병은 체력전 같은 것이다. 어느덧 나는 사력을 다하여 요리를 해먹어가며 버티고 있다. 요리에 집중하는 동안엔 마음이 환기되고, 잘 해먹는다는 느낌 자체가 나를 지탱해 준다. 이렇게 잘 해먹던 끝에 조금 불량한 게 먹고 싶어진 이 저녁엔 생라면을 부숴 먹으며 와인을 마신다.

요리 해먹는 순간 외에는 인간으로서의 자긍심을 잘 못 느낀다. 온통 능력 있는 동시대인들을 신기한 듯 바라볼 뿐. 그 대신 사람 말고 다른 것들과는 가득 포옹을 나누고 있다.

고흐냥이라는 애칭으로 불렀던 맏이 제롬을 만나기 전에는, 언젠간 반려동물을 입양하고 싶다는 막연한 염원을 품고 살았다. 그 무렵 고양이에 대한 나의 로망은 새하얀 페르시안이나 터키시 앙고라가 모델이었다. 하얀 고양이를 어깨에 사뿐히 올려놓는 상상, 내 맘속에서 고양이란 응당 그런 모습이라야 했다.

제롬은 태어난 지 두 달 남짓 되었을 때, 당시 남자친구의 지인으로부터 내게로 왔다. 그 지인은 자기 여자친구에게 선물할 요량으로 성남의 시장에서 검은 줄무늬에 귀가 큰 새끼 고양이 한 마리를 샀지만, 막상 그 여자친구는 고양이 알레르기 증세를 보여서 얘를 거둘 수 없었다. 급히 새로운 주인이 물색되던 끝에 제롬은 나를 만나게 되었다.

제롬을 데리러 간 오피스텔에서 녀석은 그만 침대 밑으로 기어들더니 통 나오려 하지 않았다. 결국엔 침대를 통째로 들어 올려서야 이 까탈스러운 아이와 첫인사를 나눌 수 있었다. 녀석은 몹시 빽빽 울어대고 있었다. 까만 바탕에 고등어 줄무늬. 그때는 지금처럼 고양이가 흔하지 않던 시절이라 이런 무늬마저 내겐 생소했다. 그리고 이 생소함이란 '한눈에 반하도록 예쁘지는 않음'과 동의어였다. 시커먼 게 빽빽 울기까지 해서 영 신경이 거슬렸지만, 처음이니 저렇게 울겠거니 여겼다. 그때만 해도, 이 예민한 고양이의 울음이 일평생 이어질 줄은 몰랐다.

같이 살면서 점차 알게 되었다. 이 생소하고 신경질적인 고양이는 만사에 예민할 뿐 아니라 우스꽝스럽고 재치가 넘쳤다. 영리하고 표현이 풍부하며 유머 감각이 있었다. 울음소리조차 사람 말이라도 중얼거리듯 다양했다. 고양이 중에 개그맨이 있다면 이 녀석일 것이었다. 전형적인 개냥이에 해당했다. 서랍을 열어 그 속 물건들을 모조리 밖으로 끄집어낸 다음 그 안에 들어가 앉아 있기도 했고, 쇼핑백의 고리를 목에 건 채 행진하기도 했다. 생후 5개월 째엔 기둥 뒤에 숨어 잠복하다, 지나가는 나의 다리를 덮치기도 했다. 이 일을 처음 당했을 때 얼마나 좋아했던지!

장난꾸러기 제롬의 진가는 점점 드러났고 세월이 쌓이며 녀석은 나의 평생 친구가 되어갔다. 그러면서 기준이 바뀌었다. 이제 새하얀 어깨냥이의 로망은 후퇴되어 이렇게 말하게 되었다. "고양이는 그저 고등어 무늬지!"

길을 가다가도 고등어 무늬 냥이들에게 유독 맘이 끌린다. 제롬은 이전엔 모르던 진실 하나를 가르쳐주었다. 예쁜 것은 정해져 있지 않다. 길든 것이 가장 예쁜 법이다.

오늘은 뮤지컬
<노인과 바다>를 보러 간다

4. 16.

사시사철

햇빛이 남아돈다

과분하고

과분하다

한겨울조차

낮 어느 시간

옅은 커튼을 슬며시 젖히면

틈새를 놓치지 않는

햇빛은 또다시 넘쳐나고

남고

또다시

나를 남긴다

햇빛이 좋은 날이면 절로 죄책감이 든다. 이 햇빛을 제대
로 경작하지 못함에 대하여.

어느 플랫폼을 가나 이제 우울은 공동의 전제, 만인의 콘텐츠가 되었다. 주변을 봐도 정신과 약을 찾는 이들의 반경이 확대되었다. 요새 우울은 반려동물이다.

10대부터 그리고 이후 거쳐 지나온 모든 연령대마다 나는 이미 너무 많이 산, 다 살아버린 느낌이었다, 늘.

잃어버린 수저를 다시 사서
빈자리를 채우다

 수저 하나가 사라졌다

4. 17.

엊저녁, 음악극 <노인과 바다>를 보고 나와 걷던 중 저편에 웬 케이크 하우스가 보였다. 마침 오늘이 내 음력 생일이기도 해서 지난번 양력 생일 때 못 붙인 초에 불도 붙일 겸 생크림 케이크를 사 들고 돌아왔다.

돌아와 여느 저녁처럼 드라마 <괴물>을 보기 시작하기 직전이었다. 서랍을 열어보니 늘 쓰던 작은 수저 하나가 보이지 않았다. 일반 티스푼보다는 크고 좀 더 무게감이 있는 수저였다. 무게감이 적당해서 모리 사료 개는 전용으로 삼아 왔다.

뭔가 홀린 듯한 느낌에 붙들려 드라마 내용에 몰입되지 않았다. 저번에 켜지 못한 초를 켰으나, 수저의 실종 탓으로 떨떠름해진 느낌이 영 가시지를 않았다. 케이크 맛을 전혀 느낄 수 없었다. 한 입만 먹고 말았다.

괴상하다. 집안에서 사라진 물건인데 나올 기세가 아니다. 무의식중에 다른 물건들과 함께 쓰레기통에 버렸으리란 추측이다. 오늘 홈플러스 가서 새것을 찾아보기로 한다.

작은 수저 하나 없어진 것이 마치, 등에 근질근질한 잔가시를 부어 넣은 것 같은 느낌이었다.

수저가 사라진 덕분에 오늘은 비슷한 수저를 또 하나 사겠다는 목표가 생겼다. 써놓고 보면 삶의 은유 같지 않은 문장이 없다.

수저를 하나 사서 빈자리를 채웠다

지하철을 타려다 날씨가 너무 좋은 김에 걸어서 갔다. 날아가는 기분이었다.

하루를 놓고 보면 쾌적함과 짓궂음이 공존하는 묘한 날씨였다. 결과, 적응하지 못하는 힘줄들이 아프고, 중간에 낀 마음은 스산하다.

케이스만 달라졌을 뿐 내용물은 완전히 같은 수저를 샀다.

사료를 개어 먹이던 바로 그 수저의 감쪽같은 사라짐에 처음엔 상실감이 일다가 하루가 지나자 더욱 묘한 기분이 들었다. 어쩌면 마음의 준비를 앞당겨 시켜준 차원의 일일지도 모른다는. 지난주까지의 모리는 겉보기의 활력만으로는 앞으로 몇 달이라도 더 살 듯 보였지만, 이번 주에 와선 사정이 달라졌다. 주초부터 눈치채고 있었다. 입안을 씹어 피를 더 많이 흘리고 움직임이 적어졌다. 조혈제를 매일 넣어주지만, 출혈량에 비하면 역부족이다.

그리고 다른 징후들. 모리는 그사이 한 번 토해 놓았고 소변까지 방석에 지려놓았다. 고양이가 소변을…. 바싹 마음의 준비를 해야 할 때가 다가온 듯하다.

달은 나날이 여물고 있다.

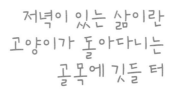
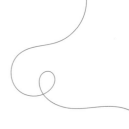

저녁이 있는 삶이란
고양이가 돌아다니는
골목에 깃들 터

 하지에 가까워가며

4. 27.

하나의 커다란 이벤트가 있으면 나머지는 대강 묻힌다.

8년 전부터 죽 길러온 머리카락이 이제부터 짧아지는 수순
으로 접어든다. 오랜만에 단발 가깝게 머리를 잘랐다. 이렇게
획을 긋는 행위 하나를 감행하고 나자, 나머지 일상은 존재하
지도 않는 것처럼 하루가 간다. 머리만이 제일 중요한 일이었
다는 듯이.

긴 머리가 그럭저럭 어울렸던 데다, 요새는 헤어 제품들이
좋아져 머리를 오래 길러도 손상이 거의 없다 보니 그동안

가위를 쉬 대지 않았었다.

이제는 이 상태에서 더 길어질 일은 없을 거다. 아마 계속 짧아져 갈 거다. 머리카락의 동지가 지났다.

당부드립니다

4. 30.

귀가하려면 도서관 앞을 거쳐 가야 한다.

겨울 말쯤 여기에 고양이 여러 마리가 나타나 자리 잡은 걸 본 이후, 근처를 지날 때마다 들르곤 했다. 어느새 아이들은 여러 주민으로부터 밥과 물을 얻어먹고 있었다. 그러면서 늘 사람들과 어우러져 있었다. 오가던 아이들, 학생들, 직장인들이 벤치에 앉아 쓰다듬어 주거나 했다. 이 시기는 모리투병이 시작된 때랑 겹쳐 있었다. 나도 이 아이들로부터 적지아니 위로받았다.

햇살 받은 털에는 윤이 반드르르하고 토실토실하니 보기좋았는데…. 그러다 밥그릇과 페트병을 잘라 만든 물그릇까지 놓이게 되었을 때 한편으론 걱정이 들었다. 귀여워하는 사람들이 훨씬 많지만, 아이들이 보통은 두셋 많을 땐 네다섯 마리까지 되다 보니, 이 아이들을 고까워할 사람도 생겨나지나 않을까 싶었다.

그것이 현실이 되었다. 어느 날 아이들이 통 보이지 않았다. 아무래도 누가 겁을 주어 쫓아 버린 것이 아닐지 걱정되었다. 그렇게 며칠 지나선 한두 마리가 가끔 잠깐씩 어슬렁거리기도 했는데, 그사이 화단 대리석 위엔 못 보던 공지가 붙어 있었다.

당부드립니다
이곳에 고양이 밥을 놓지 마세요~
악취와 비린내로 인하여 민원이 제기
되고 있사오니 협조 부탁드립니다

XX정보 도서관

나무에도 보란 듯이 같은 문구가 매달려 있었다.

여기를 지날 때마다 마음이 아프다. 가방 속에는 사료통이 있는데 선뜻 꺼내지 못하고 지나치곤 한다. 아직도 사람들은 자주 멈춰서 얘들을 한참씩 쓰다듬어 주곤 한다. 며칠 전엔 어떤 남자분이 한 마리를 계속 쓰다듬는 걸 보고는, 지나던 아주머니가 감탄했다. "얘들은 사람 손을 탔나 보네."

내가 자초지종을 설명했다. 지금은 저런 공지가 붙어 사료를 주고 싶어도 눈치가 보인다고. 아주머니가 답했다. "그냥 줘요. 우리 아파트도 주지 말라 하는데 난 그냥 줘. 밥그릇에 보이게 담지 말고 그냥 쏟아줘요."

내가 사는 아파트도 엘리베이터에 공지가 붙긴 했지만, 길냥이들 밥을 아예 주지 말라고는 하지 않는다. 다만 차를 뺄 때 사고 위험이 있으니 주차장에서는 주지 말라고만 언급된 정도였다. 경비실 바로 옆에는 그릇들이 놓여 어떤 분이 늘 챙기고, 경비 아저씨들도 화단에서 고양이들을 쫓아내지 않는다.

이후엔 눈에 잘 안 띄는 위치를 골라 사료를 슬쩍 흘려주곤 한다. 그리고는 돌아서 가면서 또 걱정한다. 애들이 미움받으면 어쩌지? 잘 먹던 걸 못 얻어먹게 되면 어쩌지?… 그리고 왜 나는 이런 걱정을 해야 하나를 생각하면 눈물이 난다.

도서관 화단 냥이들 중에서도 유독 붙임성이 좋아 사랑받던 검은 고양이가 언젠가부터 사라져 나타나지 않았다. 당근마켓에선 서로들 이 고양이 안부를 묻고 있었다. 마지막으로 보았을 무렵 임신 중이었기에 다들 걱정했다. 이후 검은 고양이를 다신 보지 못했다.

　　고양이가 사라진지 오래, 해를 넘기고도 도서관 옆을 지날 때면 이 화단 안쪽으로 빙 돌아서 간다. 고양이가 사라진지 오래건만 아직도 그 자리에 코팅된 공지문은 벽돌로 눌러져 있다.

　　고양이가 있던 자리, 화단 속 보이지 않는 고양이가 핥고 있다, 얻어먹지 않아도 되는 나라 화단의 코팅 비닐을.

삼색묘 로리

5. 2.

턱의 종양이 점점 자라나 무거워지면서 모리가 점프를 이전처럼 할 수 없게 되었다. 의자에 뛰어오르려면 2단 짜리 이케아 발판으로 먼저 뛰어오른 다음 의자로 건너갔었는데, 이젠 발판에도 단숨에 올라가지 못한다. 근 2주 사이에 이렇게 되었다. 좀 더 낮은 발판을 마련해 주었다.

로리가 모리를 자주 핥아준다. 로리는 애기 때부터 핥는 버릇이 있어, 사람 손도 핥고 다른 고양이 털도 핥는다. 로리에겐 무언가 핥을 것이 늘 필요하다. 모리가 떠나게 되면 더 이상 고양이 털은 핥을 수 없게 된다. 하지만 이런 로리에 마음 쓰기에는 내 신경은 온통 모리에게 집중되어 있다.

어쩌면 로리가 가장 장수하는 게 필연처럼도 여겨진다. 로리는 다른 아이들에 비해 나의 사랑을 덜 받은 편이다. 세 마리 중 가장 있는 듯 없는 듯한 고양이였다. 제롬과 모리에 비하여 조금 덜 귀여웠다고 하면 미안한 이야기가 될까? 제롬의 유난스러운 장난기, 모리의 압도적인 귀여움에 비하여 로리는 비교적 평범한 존재감에다, 할 줄 아는 거라고는 그저 계속 핥는 것밖에 없어 보였다.

사실 애초에 입양할 때부터 로리의 존재에는 다른 목적성이 깃들여져 있었다. 제롬이 혼자만 있던 어느 날, 귀가해 보니 큼직한 장식용 항아리가 산산조각 나 있었다. 녀석이 항아리 안에 들어가 놀다 그만 항아리를 깨뜨려 버린 것이었다. 외로워 혼자 놀다 생긴 일 같아서 얼른 친구 하나 만들어 주어야겠다 싶었다. 그리하여 유성 장날에 가서 데려온 아이가 바로 로리다. 그때 나는 커다란 앞주머니가 달린 멜빵 치마를 입고 있었다. 그 앞주머니에 손바닥만 한 로리를 넣어 데리고 왔다. 마치 캥거루처럼.

제롬과 로리는 평생 파트너처럼 사이좋게 지냈다. 로리보다 한 살 많아 이미 성묘였던 제롬은 손바닥만큼 작은 로리를 매일 핥아주며 저 자식 키우듯 했다.

다른 아이들에 가려져 사랑을 덜 받은 로리가 이제 외동이 되어 사랑을 독차지하게 된다. 하지만 더이상 핥고 지낼 다른 고양이의 털이 사라진 날의 로리는….

추이

5. 9.

상황이 안 좋으면 먹는 거라도 일단 잘 먹어두자는 심정으로 이거저거 먹었다. 근심이 한가득, 스트레스가 한 다발이다. 걸을 때 무릎이 무겁고 아픈 게 어쩌면 스트레스의 하중인지도 모르겠다.

2주에 한 번씩 동물병원에 다녀올 때면, 이번엔 또 무얼로 가슴이 한 층 더 주저앉게 될지 마음의 준비를 한다. 그런데 이번에 들은 이야기는 어떤 수치의 변화나 악화에 관한 내용이 아니었다.

애초에 모리의 목 옆에 구멍을 뚫은 건, 어떤 경우에 처해도 최소한 먹을 수는 있게 하려 함이었다. 그 부분이 지금 흔들리고 있다. 관의 설치가 최후의 최소한을 담보하는 줄로만 알았는데 여기에도 위험이 도사려 있었다. 위장으로 연결해 놓은 관은 어떤 요인에 의해서건 빠질 수도 있는 거였다. 실제로 이 튜브가 조금 밀려 나온 지가 일주일가량 된다. 완전히 빠져버리지 않게끔 조심 조심을 해야 한다. 이게 빠지게 되면 바로 재시술을 할 수 없어 며칠은 기다려야 한다. 그사이엔 먹이를 공급할 방법이 없다. 이 가는 관이야말로 지금 모리의 생명줄이 되어있다. 그래서 한 번 먹일 때마다 튜브를 건드리지 않으려 초긴장하고 조심할 뿐이다. 먹이지 않는 모든 순간에도 조마조마하긴 마찬가지다. 냥이 자신이 마구 긁다가 관이 제거되는 경우도 생겨날 수 있는 거라서.

한편 이 상황 말고도 모리는 폐수가 차 있기도 하다.

여태까지 상황 변화들을 겪어내면서, 무슨 상황이 오건 다 받아들여야 한다고 자신을 다독여가며, 상황 악화의 그다음 또 그다음 단계를 같이 거쳐 왔는데, 지금의 이 변화에 또다시 적응하느라 내 몸이 아프다. 가장 힘든 구간으로 들어온 것 같다.

이 모든 게 하루 이틀 겪어내고 마는 게 아니라, 뭐가 어찌 될지 모르는 상태를 며칠 몇 주 몇 달, 다 맡기고 따라가는 과정이라, 때로 피가 마른다.

계약했다

5. 11.

작품이란 일단 한 번 쓰고 나면 애물단지가 되어버린다. 마치 자식 같은, 이 아니라 그냥 자식이다. 남 눈에 어떻게 생겨 보이는 자식인들, 낳은 사람으로선 제 자식은 어떻게든 먹이고 입히지 않을 수 없는 일. 이걸 못하고 어정쩡하게 있으면 좀 우울해진다. 맞는 옷 차려 입혀 최소한의 행색을 만들어 주는 일, 이 일에 전전긍긍하지 않을 수 없다.

오래전에 쓴 <바람구두를 신은 피노키오>를 이제는 옷을 입혀 세상에 내보내려 한다. 아까 저녁에 계약서 쓰고 왔다.

랭보의 고향 샤를르빌이 배경인 이야기. 그런데 앞으로 이 책을 만드실 분은, 나와 처음으로 통화한 날 꿈속, 프랑스 샤를르빌의 랭보 무덤 앞에 서 있었다고 한다. 그림으로 그릴 수 있을 만큼 생생했다고.

모리라는 한 자식의 부재를 대신하는 듯한 또 하나의 자식 인 책의 출간 준비가, 모리의 부재가 야기할 슬픔으로부터 도 피하는 일인 듯도 싶지만, 어쩐지 한편으로는 모리가 떠나가며 마련해주는 선물 같기도 하다.

아침 꿈속에선 눈발이 날렸고, 별이 총총 반짝이는 하늘을 보았다.

고양이를 찾습니다!

5. 13.

'그래도 함께야. 끝까지 옆에 머물러주는 거야!' 세상을 떠나가는 모리를 간호하는 날들에 위로가 되는 생각은 이런 것이다. 마지막 순간까지 같이 걸어간다는 것! 이것은 그 대상이 사람이건 동물이건, 관계의 최소한이자 최대한이다.

바깥세상에서 접하는 온갖 표지와 소식 중에서도 잃어버린 동물을 찾는다는 벽보는 볼 때마다 유독 마음 아프다. 어차피 세상엔 무지막지한 불행들이 널렸다지만 나의 경우엔, 실종된 동물들의 무구한 눈망울이 드러난 사진에 곁들인 프로필이 보이면 감정 중립을 지키기 힘들어져, 다른 어떤 불행을 접할 때보다 더 아려진다. 동물 가족을 잃어 상심해 있을 주인 그리고, 주인의 품으로부터 갑자기 낯선 세계에 던져져 황망해 있을 동물, 이 쌍방의 마음이 한꺼번에 느껴지는 것만 같다. 이 같은 실종으로 인한 별리에 비한다면, 비록 위중한 병으로 이별을 눈앞에 두었을지언정 여한 없이 보살피고 곁을 지킬 수 있는 것만도 부인할 수 없는 다행이다. 이렇게까지 오래, 지금까지 같이 있을 수 있다는 것만으로도 복 받은 일이 아닐 수 없다.

동물들의 실종 내지는 탈출 사건에 관해서는, 뭐 뭐 해봐서 안다는 말을 조금은 뱉을 수 있다. 나 또한 오래전에 아이들을 잃을 뻔하기를 몇 번, 그래서 동물 잃은 주인들의 애타는 심정을 짧게나마 느껴본 적이 있다.

반려동물이 이런 탈출 사건에서 무혐의하려면 그저 겁 많은 모범생이어야 한다. 집 밖을 나가는 걸 조금이라도 꿈꾸지 못할 만큼. 조금이라도 대담한 동물이라면 부지불식간에 바깥을 배회하는 일이 생길 수 있다.

하긴, 아이들과 지내온 나날이 무려 20년이 넘는 적지 않은 세월, 아무 사건도 일어나지 않았다면 그게 더이상할 것이다.

최초의 사건은 로리가 한 살배기라고 말하기도 무색하게 몇 달배기라 불림이 더 합당할 아기 시절의 일이었다. 가끔 환기를 위해 오피스텔 문을 잠깐씩 열곤 했는데 바로 이 잠시 잠깐을 틈타 로리가 감쪽같이 사라져 나타나질 않았다. 같은 층 그리고 아래위 다른 층들에서도 보이지 않았다. 그때 나는 18층에 살고 있었으므로 이런 높은 위치에서 겨우 5개월짜리 고양이가 건물 밖으로 나가버림을 상상하기는 쉽지 않았다.

'고양이를 찾습니다'라는 방을 엘리베이터 옆 벽마다 붙였다. 그러고 하루 이틀이 지나도 아이는 나타나지 않았다. 밥이 넘어가지 않았고 살아도 산 것 같지 않았다. 때는 추석이었는데, 아마 내가 살아 맞은 가장 우울한 추석으로 기억될 거다. 동물을 잃어버린 기분을 처음으로 알게 되었다. 사람과 같은 인지를 갖고 행동할 수 없는 동물이 이 위험 가득한 인간 세상에서, 받아오던 보살핌을 갑자기 잃어버리고 헤맬 일을 상상하는 느낌은 뭐라 표현할 말이 없다. 내 일부가 죽는 느낌에 가까울까?

그러다 추석 지나서 경비 아저씨의 연락을 받았다. "머리 뒤통수가 검은색 맞지요?"라고 묻더니 아저씨는 옥상의 물탱크로 나를 이끌었다. 거기엔 그 사흘 사이 온통 꼬질꼬질해져 원래의 미모를 상실한 나머지 주인인 나조차 내 고양이가 맞기나 한지 약간은 헷갈리게 된 로리가 웅크리고 있었다. 데려다 벅벅 씻겨 먹을 걸 주고야 발 뻗고 잘 수 있었다. 내 심장이 이전처럼 다시 뛰기 시작한듯했다.

그다음 사건의 주인공은 별이였다. 눈 내리던 어느 겨울날 갑자기 배달 짜장면을 먹고 싶어졌다. 짜장면을 받은 후 문을 닫고 나서 그리 오래지 않아 집 안이 무언가 전과 같지 않음을 깨달았다. 이번엔 별이가 사라져 나타나지 않았다. 잠깐 문 열린 사이에 빠져나가 버린 것인지, 이번엔 오피스텔 18층이 아니라 낮은 건물이었기 때문에 이 사태가 더 절망적으로 다가왔다. 잠시 체념으로 주저앉아, 불어 터진 짜장면이라도 먹으려는 바로 그때, TV 장식장 틈바구니에서 웬 고양이 그림자가 비쳤다. 뭔 일 있었냐는 듯, 별이가 눈을 반짝 뜨고 나를 보고 있었다. 별이는 외부인의 기척에 겁난 김에 숨어버린 것이었다. 이로써 가슴을 쓸어내리며 이 짧은 해프닝을 웃어 넘길 수 있었다.

그런가 하면 또 한 마리, 제법 가출다운 가출을 시도한 고양이는 제롬이었다. 한때 나는 반지하가 많은 재개발 지역에 공간을 가진 적이 있었다. 그 방은 오래 머물 용도가 아니었고 대체로 허름했다. 특히 방충망은 확실히 허술했다. 제롬이 그 성긴 망을 통해 탈출해 버린 걸 보면 더더욱. 평소 그쪽에 자주 얼굴을 갖다 대곤 할 때부터 주의했어야 했는데, 겪어보지 않은 일은 쉬 추측되지도 않는 법이었다. 설마 거기를 뚫고 탈출할 줄이야!

순 반지하 미로로 이루어진 이 동네에서는 한 번 나간 고양이가 다시 제집을 쉬 찾아 돌아오리라고 맘 편히 기대할 수 없었다. 어쩐지 어려울 것 같았다. 이제 정말 겪고 싶지 않은 일이 일어나고야 만 것인가 하며 30분여를 망연자실해 있었다.

그 30분 경과 후 창문에 어리는, 기세등등해 보이는 한 마리 수고양이의 그림자라니! 제롬은 그렇게 미지의 동네를 약간 맛보며 탐험하다가 오래지 않아 귀가했고, 그 방충망은 당장에 수리했다. 제롬에게는 탈출 고양이라는 딱지를 붙였다.

마지막 사건은 탈출하고는 좀 다른 일이었다. 거실에 두 마리 돼지 저금통을 놓아두고 지내던 시절이었다. 하나는 500원짜리, 또 하나는 100원 이하의 동전 용도였다.

이번엔 방충망이 아니라 철망의 부재가 틈을 제공한 사건

이었다. 어느 날 귀가해 보니, 돼지 저금통 하나가 사라져있
었다. 500원 저금통이. 100원 이하 돼지는 파손된 채 제자리
에 있었다. 푼돈조차 가려 가져간다는 것인가? 보아하니 좁
은 건물 틈새에 사다리를 걸치고 침입한 도둑의 소행이었는
데, 도둑이 어쩐지 쩨쩨하게 여겨졌다.

　돼지 저금통의 상태는 그러하였고, 아이들이 보이지 않았
다. 이거야말로 문제였다. 아이들을 데려가거나 해치는 상상
이 떠오르면서 머리의 퓨즈가 나가기 직전이었다. 다행히 아
이들은 창가에서 발견되었다. 겹 창문 그 좁은 틈새에 네 마
리가 촘촘히 끼어 들어가 꼼짝하지 않고 있었다. 한 마리씩
빼내어 안심시키며 같이 일상으로 돌아왔다. 그리고 당시 2
층이었던 집 외벽에는 빙 둘러 단단한 철망을 설치하였다.

　그렇게 좀도둑조차 추억으로 남았다. 아이들과 지내는 동
안 여러 일이 지나갔지만, 최소한 아이를 바깥에 분실하지는
않았다. 내가 피치 못하게 집을 오래 비워야 할 때면 친구의
집에 아이들을 맡기며, 아이들을 돌보는 방식이며 뭐며 다 무
조건 일임하되 단지 딱 하나, 아이들을 잃어버리는 일만큼은
일어나지 않게 해달라고 신신당부를 하곤 했다.

녀석들을 잃어버릴 뻔한 해프닝들을 거쳐 이후 죽 아이들과 짧지 않은 삶의 시간을 같이 누릴 수 있었음에 감사한다. 무슨 일이 생겨 설혹 죽을병에 걸린다 해도, '함께'라는 이름의 지팡이가 있다면, 혼자 뚝 떨어져 외롭지 않다면, 버틸 수 있다. 그러니까 살아 있는 것들은 연결되어야 하고 어디까지나 함께여야만 한다.

　　'같이', '함께', 이런 부사들에 이름을 붙여 본다. 다행 부사, 안심 부사, 행복 부사라고.

저녁이 있는 삶이란
고양이가 돌아다니는 골목에 깃들 터

5. 18.

고양이는 아픈 내색을 잘 하지 않는다고 한다. 그래서 그 떠나감이 급작스럽게 여겨지곤 한다. 더군다나 길고양이들의 떠남은 대개 흔적이 없다. 어제까지 보이던 아이가 더는 보이지 않는다, 가 이별 내역의 전부이곤 한다. 그러나 이와는 달리 보다 사람들에 깃들여 지내다 떠난 고양이도 있다. 내가 사는 작은 마을, 집에서 불과 백여 미터 떨어진 사거리에서의 일이었다.

수년 전 이리로 이사 오면서 보게 된 고양이 한 마리. 검정과 하양의 젖소 무늬에 몸집이 컸고 느릿하게 움직였으며 사람을 전혀 피하지 않고 반기는 아이였다. 묵직하고 사랑스러운 자력을 지닌 그 아이를 한 번이라도 더 보고자 어느새, 지하철로 가는 여러 행로 중 그곳만 거쳐서 다니고 있었다.

점차 알게 되었다. 동네 터줏대감 포스의 이 고양이의 나이와 이름을. 길고양이임에도 나이와 이름이 알려져 있다는 사실 자체가 이미, 사랑받으며 산다는 인증인 셈이다. 뚱이라고 했다. 똥이에 대해선 사거리의 열쇠 가게 분이 알려주었다. 그 누구의 소유라고 할 수 없는 똥이는 그 사거리의 편의점과 열쇠 가게를 비롯하여 여러 가게 사장님들의 보살핌을 두루 받고 있었다. 먹고 마시는 건 물론이려니와 쓰다듬고, 놀아주고, 약 발라주고, 차가 올라치면 함부로 길을 건너지 않게 조심시키곤 했다. 강추위에는 똥이를 안아다 가게 안으로 데려다 놓기도 했다.

똥이는 모두의 고양이로 살고 있었다. 어느새 편의점 바깥의 아이스크림 박스에는 똥이의 귀여운 사진과 함께 소개 문구가 적혀 있었다. 저녁 퇴근길, 편의점 앞에 멈춰 앉아 친구에게 말 걸듯 똥이를 하염없이 쓰다듬는 모습들은 낯익은 풍경이 되어있었다. 그렇게 사랑받는 모습은 하도 자연스러워, 똥이는 마치 모두를 위로해 주기 위해 태어난 고양이 같았다.

그러던 어느 가을날, 불과 며칠 전까지 그 자리에 있던 똥이가 보이지 않았다. 평소에 옮겨 다니며 놀기도 하니까 그러려니 하다 문득, 아이스크림 박스에 눈길이 갔다. 순간 가슴이 쿵 하고 내려앉았다. 거기엔 작은 꽃다발이 놓여 있었다. 그리고 꽃을 감싼 종이엔 이런 한 마디가 적혀 있었다. "똥이야, 고마워. 잘 가." 이 글씨 아래엔 똥이 모양의 귀여운 고양이 한 마리가 그려져 있었다. 그리고 아이스크림 박스 앞면에는 '똥이가 무지개 다리를 건넜습니다. 그동안 감사했습니다.'라는 문구와 더불어, 똥이에게 하고 싶은 말들을 적으라는 안내가 있었다. 전지를 주말까지 붙여 놓는다고 했다.

오며 가며 보았다. 며칠 새 그 아이스크림 박스 앞면을 감싼 종이는 똥이를 보내며 기리는 사람들의 애틋한 말들로 빼곡 채워져 있었다. 그동안 똥이가 먹고 자고 쉬는 걸 보는 게 큰 행복이고 즐거움이었다는 말, 똥이 덕분에 고양이한테서 따듯함, 위로와 힐링 받는 게 뭔지를 알았다는 감사의 말….

이제 더는 볼 수 없는 똥이가 그립고 아쉽기도 했지만, 이 동네에 살고 있다는 게 더 좋아진 한 주이기도 했다. 똥이의 명복과 더불어, 똥이를 마음으로 대해주었던 이 따듯한 사람들의 행운과 행복 또한 빌고 싶어졌다.

똥이는 제롬이 떠나던 바로 그해 가을에 떠났다.

이제 모리는 내 방에 거의 오지 않는다. 몸이 더욱 힘들어지면서부터는, 베란다에 놓인 고양이 화장실 옆에 줄곧 앉아 있다. 아예 거기에 깔개를 깔아주었다.

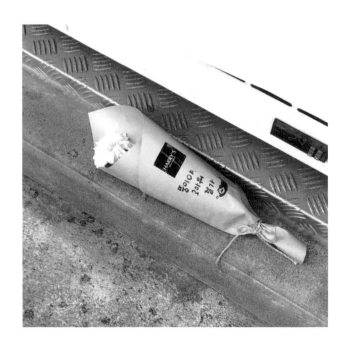

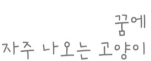

꿈에
자주 나오는 고양이

 "왜, 내가 아닌 것 같아?"

5. 30.

제롬이 꿈에 나왔다. 녀석은 여전하다. 살아서도 자주 꿈에
보이더니만 떠나서도 어쩐지 주기적이다.

　제롬은 나와 가장 잘 교감하는 고양이였다.

　제롬과 좀 오래 떨어져 지내야 했던 적이 있었다. 일 년 정
도 해외에 나가 있을 때였다. 아이가 잘 지내고 있는지는 어
느 정도 짐작할 수 있었다. 건강에 문제라도 생기면, 내 꿈에
시무룩한 모습으로 나오곤 했다. 이럴 때 탁묘해 주시는 분께
문의하면 제롬이 배앓이를 했다거나 하는 이야기를 들었다.

제롬이 나온 꿈 중 어떤 건 생각할 때마다 웃음이 나온다. 어느 날 꿈속에서 제롬은 사람 같은 포즈와 손놀림으로 세수를 하고 있었다. 주변에 사람들이 모여들어 웅성거렸다. 사람들은 "고양이가 사람처럼 세수하다니!"라고 감탄했다. 나는 이 광경 속에서 의아한 마음이 들었다. '쟤가 내 제롬이 맞나?' 그 마음이 막 들자마자, 꿈속의 제롬은 뒤를 휙 돌더니 말했다.

"왜, 내가 아닌 것 같아?"

사람의 세수에 사람의 말까지, 제롬은 그런 고양이였다.

연수를 마치고 돌아왔을 때 내 모든 고양이는 안녕했다. 제롬만 빼고. 그는 부쩍 말라 있었고 온통 시무룩해 보였다. 게다가 바깥의 털들이 마구 빠져 아예 고등어 무늬가 사라지다시피 되어있었다. 고등어 무늬 대신 그 안쪽의 암갈색 털이 겉 털을 이루고 있는 지경이었다. 피부병이라도 있나 싶어 병원에 데리고 갔다. 의사 선생님은 청진기도 대보고 엑스레이 등 모든 기본적인 검사를 마친 후 말했다. "상사병이네요."

그랬던 것이었다. 나와 오래 떨어져 있는 시간이 제롬에겐 아주 버거운 것이었다. 밥과 물만 주면 되는 고양이가 아니었다. 그립고 서러워 털까지 빠진 것이었다.

다시 데리고 와 노상 어루만져 주었더니 곧 털이 다시 자라나 고등어 무늬가 감쪽같이 돌아왔다.

제롬이 또 꿈에 나왔다

6. 4.

무슨 일일까? 보통 때라면 그저 반갑기만 하였을 제롬의 꿈 출연. 6월, 제롬의 생일도 기일도 이번 달에 있다. 그래서 나타난 걸까, 아니면 다른 의미도 있는 걸까? 혹시 모리를 마중하기 위한? 지금 상황이란 그렇게 믿어져도 무리가 아닐 판이다. 모리는 이미 자기가 걸린 질병의 최대 수명을 거의 채운 상태다.

아이와의 헤어짐을 앞둔 내 태도 또한 제롬이 때가 제일 유난했다. 녀석이 특별히 아픈 데가 있지도 않건만, 아주 오래전부터 마음의 준비를 해왔었다. 많이 애착하니 이러지 않을 수 없었다.

떠나기 얼마 전부터 제롬은 내 잠자리 옆으로 오곤 했다.

거기엔 항상 반달 모양의 베개를 놓아두어 고양이 베개로 삼아 왔다. 이 반달 베개는 아직도 거기 놓여 있다.

자다 깨어보면 제롬이 나를 물끄러미 바라보고 있었고, 그 동그란 눈엔 눈물이 고여 있는 것처럼 보였다. 어쩐지 동물들은 자기가 떠나리라는 걸 미리 알고 있는 듯했다.

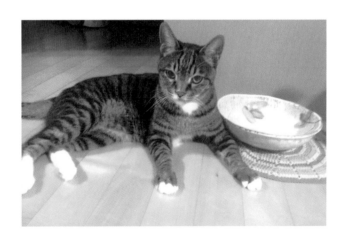

낮이 가장 긴 날이 다가온다

6. 5.

햇빛이 아름다운 초여름, 베란다 해먹에 누워 책 읽기 좋은 계절이다.

아까 병원에선 이제 더는 오지 않아도 된다는 말을 들었다. 모리로선 언제까지 반복될지 모를 병원행에 마침표가 찍히는 순간이었다. 이 마침표가 찍히면서 또 다른 마침표가 다가오고 있다.

최선을 다할 뿐이라고, 여전히 마음의 끈을 일정하게 잡고 유지하길 멈추지 않는다. 하지만 예견되는 부재를 대신할 작은 지푸라기라도 필요해져서, 가장 좋아하는 시인의 책 6권을 한꺼번에 주문해 차례로 읽고 있다. 시인의 절묘한 시선이 포착하여 그려 보이는 절체절명의 세계, 삶과 죽음의 경계가 없는 세계, 다함 없는 세계가 주는 끝없는 위로, 이런 수혈이 필요했다. 현실이 고통스러울 때는 미美의 절정을 가까이하면 극치의 쾌감과 위로가 온다. 지금이 마침 그런 시간이다.

이제 곧 일 년 중 낮이 제일 긴 날이 다가온다.

6. 14.

주말농장에 갔다. 밭들 사이 작은 차도로 지나가는 한 마리 뱀을 보았다. 농장에서 뱀을 본 것은 처음이다.

3층
음악 속에
모리가 녹아있는
것처럼.

아가야 아가야
쓰다듬을 때마다

 6. 21.

로리가 어제부터 이상한 반응을 보인다.

밥을 달라고 울거나 혹은 날 건드리거나, 언제나 아침을 깨우는 건 얘였는데, 늘 해오던 일을 어제오늘 멈추었다. 간이침대 위 구석에 찰싹 붙어 도사리며 통 내려오려 하지 않는다. 겁을 잔뜩 먹은 표정과 몸짓. 어쩌면 사람보다 고양이가 더 여파를 입은 것일까?

나로 말하면, 지난 다섯 달 동안 다녀감 직한 온갖 마음의 물결들이 차례로 지나갔고, 그 모든 나날은 마지막 순간을 위한 다소 긴 준비와도 같았다. 애초부터 치료가 아닌 호스피스 개념의 날들이 될 거라고 이야기를 들어놨으니.

처음에는, 처음 해보는 보살핌에 적응해야 했고 곧 그것은 생활이 되었다. 그 와중에도 모리의 병세는 단계별로 악화되어갔다. 어제까지 가능하던 동작을 오늘 못 하게 되는 일들이 보태어져 갔다. 턱이 무거워지면서 몸 전체의 균형이 흔들렸기에 마지막 날들로 가면서는 걸으며 더욱 비틀거리게 되었다.

입안에서 늘 피를 흘렸다. 자주 닦아주고 부분적으로 씻기기도 했지만, 관이 밀려 나온 이후로는 씻기기 힘들었다. 아픈 부위로 손길이 지나가는 것조차 모리가 힘들어해서, 물휴지로만 슬쩍 닦아주곤 했다. 혼자 몸부림치다 그 관이 완전히 빠질 수도 있는 거여서, 씻겨주는 건 미루고 당장 급한 사항 위주로 고려해야 했다.

씻겨주지 못하는 날이 쌓이면서, 집 안엔 적지 아니 피비린내가 흘렀다. 두고 보기 도저히 마음 아파져 부분적으로나마 씻겨보려 해도, 다리와 볼의 털이 떡 진 나머지 제대로 풀어지지가 않았다. 어떤 부분은 그냥 털째로 뭉텅 빠져 살이 드러나기도 했다.

그러는 사이 꽃들은 무심히 피고 지고, 신록이 시작되더니 이내 짙게 푸르러져 갔다.

그렇게 몇 달이 지나고, 이제는 진짜 막판에 이르렀으니 더는 병원에 데려오지 말고 편하게 해주라는 의사 선생님의 말씀을 들은 게 6월 초. 다시 그 마음의 준비란 걸 비끄러매야 했다.

밤에 그날의 마지막 밥을 먹이고서 자기 전 인사로 "모리야, 잘 자!"하며 쓰다듬을 때마다, 늘 이게 마지막 인사가 될 수도 있겠거니 되뇌었다. 스스로 말을 하면서도 '잘 자'라는 말 조차가 영면과 자꾸 겹쳐지곤 했다.

낮에도 모리가 가만있으면, 혹 죽은 게 아닐까?, 자주 만져보곤 했다.

그러는 사이에 모리의 숨이 점차 힘들어져 갔다. 지난달부터 이미 폐수가 잔뜩 차 있는 상태였다.

밤에 자다 문득 눈을 떠 보면, 모리가 베란다로부터 움직여 와, 열어놓은 방문 너머 내 시야에 잘 보이는 위치에 와 있는 모습에 맘이 짠해져 다시 잠을 이루기 힘든 적도 있었다. 떠나기 이틀 전쯤이었던가.

마지막 2주 정도는 점점 더 상태가 나빠져 가는 게 눈에 보였다. 하루하루 지나는 느낌이 달랐다. 이게 정말 마지막 하루인가? 하다가 또 하루가 지나있고, 지나있고, 다가오는 바로 그 시점 그게 대체 언제일지 몰라 늘 불안하고 맘을 놓지 못하는 날들.

"아가야, 아가야" 하면서 쓰다듬을 때마다, 이렇게 아픈 채나마 숨이 붙어 있어 서로를 보고 느낄 수 있다는 게 그렇게 가슴 저밀 수가 없었다. 아직 이렇게 할 수 있다는 것이, 아직 이렇게 할 수 있다는 것이! 살아 있다는 건 이런 거구나 싶었다.

이런 날들의 와중이라, 모리와의 마지막 날들에 대해 적을 겨를이 없었다.

이 고양이 턱 종양의 최소 생존 기간은 45일, 최대는 5달이라 한다. 모리는 온 힘을 다하여 자신의 최대한을 살았으며 마지막 순간에 이르기까지 몹시 깨어있었다. 눈빛이 살아 있었다.

그러다 어제는, 언제 올지 모르고 조마조마하던 그 최후의 아침이 왔다.

음악이 죽을 순 없듯이

누군가와의 마지막 날엔 어쩌면 서로가 나눌 수 있는 최고의 정수들을 나누게 되는지도 모른다. 아무런 선물도 없이 오로지 슬프기만 하다면 우리 인간들 그리고 우리보다 더 작은 피조물들은 이 삶을 어찌 버틸 것인가?

언젠가 그 책을 다시 열어 읽어야겠다. 시인 랭보가 한쪽 다리를 절단한 다음 죽어가기까지, 오빠의 마지막 날들을 간호하며 함께한 여동생의 기록을. 자신의 오빠인 동시에, 사랑 가득하고 아름답기 그지없는 한 시인의 영혼을 고스란히 느끼며 생생하게 묘사했던 그 마지막 기록을.

이별의 슬픔은 헤어진 바로 그날보다 그다음 날이 더 심한 것도 같다. 일상으로 복귀하면서 낱낱이 부재의 흔적을 확인하게 되는 시점이라서.

이 또한 시간이 지나면 희미해질 감정들일 테니, 기억조차 쓸려 사라져선 안 되기 때문에 가능한 한 뭐라도 적어두려 한다. 바로 그날과 그날에 이르기까지의 두서없는 기억들을.

모리가 입에서 뚝뚝 피를 흘리던 어떤 날엔 작은 이빨 두 개에 살점이 약간 묻은 채로 떨어져 나오기도 했다. 2, 3주 전쯤이었던 것 같다.

마지막 열흘인가 2주 전쯤부터는, 튜브에 주사기를 꽂고 누를 때 사료가 잘 안 들어가기 시작했다. 그전에는 누르면 죽 들어가던 것이 이번엔 마치 딱딱한 무언가에 막힌 것 같이 느껴졌다. 몸이 밥을 거부하기라도 하는 것처럼. 많이 쓰다듬어 가며 더 천천히 천천히 넣어주어야 했다. 이제 올 만큼 왔구나, 끝이 가깝구나 싶었다.

지난 2월 말 투병 시작 때부터 사료와 약 투여 상황 일지표를 만들어 냉장고에 붙여 놓고 기록해 가며 2주 단위로 교체해 왔다. 언제까지 이어질지 모르는 채로 일지표는 계속 쌓여갔다. 그러는 동안 올봄만큼은 계절이 보통 때보다 한 겹 더 바깥에 있는 것만 같았다.

병원에서 더 오지 말라는 말을 들은 이후 모리는 2주를 더

버렸다. 이 일지기록표의 마지막 줄까지를 다 채운 바로 그다음 날 아침에 숨을 거두었다.

지금도 모리와 함께 지낼 때 듣던 종류의 음악들을 들으며 이 글을 쓴다. 음악 속에 모리가 녹아있는 것 같다. 끝까지 신음 한 번 내어 지르지 않고 버티던 모리는 세상의 고통을 짊어지고 죄를 대속하는 작은 성인 같아 보이기도 했다.

마지막 날들에는, 모리를 계속 볼 수 있음을 확인하는 순간마다, 여전히 함께라 다행이라는 생각과 더불어, 아이의 고통이 나로선 짐작할 수 없는 극을 향하며 연장된다는 사실에 아팠다. 6월 들어선 이 느낌이 진해졌다.

고양이들의 화장실 가리는 본능은 엄청나다. 모리는 최후의 순간에 거의 가까울 때까지도 그 비틀거리는 걸음으로 꼬박 화장실에 들어가 볼일을 보았다. 그러다 며칠 전쯤엔 있는 자리에 대변을 누는가 하면, 전날과 전전날쯤엔 소변을 바닥에 두어 번 지려놓기도 했다.

오줌이 번진 아랫배와 몸통을 시원하게 씻겨주지도 못해 한스러웠다.

죽기 바로 전날 밤, 자러 가기 직전에 모리를 쓰다듬으며 몇 마디 해준 것이 지금 와선 얼마나 다행인지 모른다. 그렇게라도 마지막 인사가 되었으니.

그다음 날 아침 7시 너머, 모리는 늘 그래왔듯 다량의 피를 흘려놓고 쓰러져 있었다. 평소와 다른 점이라곤, 이제 다시는 깨어 일어나지 않는다는 거였다. 피가 아직 굳지 않은 것으로 보아 숨을 거둔 지 얼마 되지 않은듯했다.

내가 자는 동안 로리는 모리가 죽는 모습을 보았을까? 혹은 집안에 감도는 죽음의 낌새를 알아차려 그랬을까? 겁에 질린 듯 침대 위에 올라가 꼼짝하지 않고 있었다.
이 글을 쓰는 오늘 아침에야 로리는 다시 원래대로, 나를 깨워 밥을 조르는 일상으로 돌아왔다.

한 마리씩 보낼 때마다, 고양이뿐 아니라 모든 존재의 무게감이 달라진다.

양말 플렉스

6. 24.

양말들을 잔뜩 샀다. 여름용 얇은 양말과 골지가 들어간 것
두 세트를.

  견과류와 함께 바이오 콜라를 마시고 있다.

  지금은 이런 것들 외에 아무것도 하고 싶지 않다. 영화도
보고 싶지 않다. 단순 명쾌한 슬픔 앞에선, 조금이라도 고등
한 정신 작용 같은 것들이 다 귀찮고 석연찮다.

모리꽃은 나리꽃

 6. 25.

지난 일요일 오전, 쓰러진 모리를 안아 올렸다. 욕실로 데리고 가 씻겼다. 모리는 물에도 비눗물에도 조금도 저항하지 않았다.

피가 엉겨 굳은 발은, 샴푸를 풀어 여러 번 물을 갈아주며 씻겨도 완전히 원래대로는 돌아오지 않았다. 그래도 오랜만에 시원하게 씻겨보는 거였다.

씻기고 나서 드라이기로 말린 다음 브러시로 털을 빗겨주었다. 고양이를 빗기면 늘 그렇듯 일정량의 털들이 묻어 나왔다. 이 털들을 모아 따로 간직했다.

저번에 맏이 때 그랬듯 이번에도, 아이가 숨을 거두자마자 곧장 장례식장으로 향하지 않았다. 제롬이 떠난 시점도 6월이었고 때는 낮 2시였는데 저녁 10시 넘어서야 장례 절차를 밟았었다. 이번에 모리도 한나절은 집에 두었다가 비슷한 시간에 그곳으로 향했다.

다시 깨끗해진 모리는 제롬이 때보다도 더 천천히 굳어졌고 눈도 부릅뜨지 않은 채여서 정말 살아 있는 것처럼 보였다. 가진 것 중 가장 향이 좋은 장미 향수를 모리 털에 뿌려두었다. 관에 들어가는 순간까지 좋은 향이 계속 감돌았다.

모리를 내 방에 좀 눕혀 두었다가 오후가 되자, 나무판에 그려 거실에 세워둔 선녀 그림 앞으로 옮겨주었다. 모리가 좋아하던 장소였다. 모리가 여기 있을 때면 선녀를 봉양하는 고양이처럼 보이기도 했다.

요즘 들어 초여름의 물이 올라 아름다워진 날씨 중에서도 유독 지난 일요일의 공기엔 안개에 잠긴 듯 뽀얀 빛이 흘렀다. 어딘가 천국 같았다. 이 공기 속, 막 새로 피기 시작한 주황색 나리꽃들이 보였다. 내년에도 계절이 돌아와 이 꽃이 보이면 모리를 떠올리게 될 거다.

천변 산책길에서 평소처럼 네잎클로버들을 찾으며 돌아다녔다. 이러는 동안에도 여전히 모리가 이 세상에 있는 것 같았다. 그런데 숨을 거둠이 사라짐과 동의어는 아니지 않나? 세상 그 무엇도 사라지는 것은 없다고 생각한다.

돌아오는 길, 보라색 클로버 세 송이와 자연스러운 그러데이션이 있는 풀 몇 포기를 땄다. 이 들꽃들로 꽃다발을 만들어 주고 싶었다.

다시 돌아왔을 때, 거실을 통과한 오후 햇빛이 모리를 비추고 있었다. 빛이 얼굴 부분에 비스듬히 떨어지니 더욱 살아 있는 것처럼 보였다. 비록 시신이지만, 모리가 아직도 집 안에 머문다는 존재감이란 상당했다. 산책하는 동안에도, 모리가 기다리던 평소 날들과 전혀 다름없는 느낌이었다. 아직은 부재가 크게 와닿지 않았다. 서로의 고통스럽고 피로한 날들이 단숨에 끝나 시원섭섭한 마음일 뿐.

작은 피처 병을 찾아내 아까 딴 들꽃을 꽂아 장식해 두었다.

곧 저녁이 되어 우리는 장례식장이 있는 먼 마을로 향하였다. 한 시간가량 가야 했다. 차에 태워 가는 느낌 역시 평소에

동물병원 데리고 갈 때의 기분이었다. 단지 모리가 소리 내어 울지 않을 뿐.

장례식장까지 가는 다소 긴 시간 동안, 모리를 처음 순천으로 데리러 가던 때로부터 이후 거쳐온 모든 집의 거실들을 떠올렸다. 모리와 지낸 지난 19년간 나의 삶 역시 정신없이 흘러오고 달라진 것에 언뜻 무상감이 일렁였다.

그러는 새 어느덧 장례 치를 곳에 접어들고 있었다. 거기는 그 도시에서도 후미진 곳이었고, 길에 개들이 나와 마구 돌아다니는 좀 희한한 동네였다. 운전할 때 조심해야 했다.

예상보다 일찍 도착해서, 앞 차례가 3건 정도 밀려 있었다. 정수기 가까이에는, 눈물을 흘리지는 않지만 이미 눈물에 젖어 있는 한 커플이 앉아 있었다.

오래 기다려야 하는 김에 우선 편의점에라도 가서 허기를 때우기로 했다. 1킬로쯤 가자 사방 아무것도 없는 길가에, 산속 외딴집 느낌의 편의점이 하나 눈에 띄었다. 그 앞엔 파라솔이 두 개 놓여 있었다.

날벌레들이 조금 있었다. 도시락, 컵라면, 비스킷, 음료 등을 사서, 파라솔 의자에 앉아 먹었다. 인적 없는 도로에 면한

편의점이 비현실적이어선지 어딘가 저승 기운이 감도는 듯
도 했다. 한편 강제로 갖게 되는 이 한적한 시간이 이상하게
좋기도 했다.

돌아와 보니 이번엔 대기실의 고객들이 다른 이들로 바뀌
어 있었다. 서럽게 눈물을 훌쩍이는 여자분이 보였다.

모리를 데리고 추모실로 갔다. 화면엔 모리 사진이 떠 있
었다. 장례 사양을 체크했다.

곧 모리는 옮겨졌다가 잠시 후 수의에 감싸져 관에 담겨
왔다. 여전히 살아 있는 것처럼 보였다. 이 상태로, 앞선 차례
들이 끝나길 좀 더 기다려야 했다.

11시쯤 되었을까? 모리 차례가 되어 직원분이 모리를 데리
러 왔다.

바퀴 달린 기구에 실려 가는 모리에게 손을 뻗어 마지막으
로 귀를 만져보았다. 갑자기 유난히도 귀를 만지고 싶었다.
모리 귓불의 감촉을 내 손끝에 간직했다.

이제 몇 달간 지긋지긋하게 모리를 괴롭히던 암세포까지
도 같이 활활 타 없어질 거라 여기니, 왠지 시원했다. 비통함
이 줄어드는 듯도 했다.

화장이 끝나면 직원이 그릇을 들고나와 잔해를 보여준다. 또 이걸로 스톤을 만들기까지는 몇십 분이 더 소요된다. 스톤의 개수나 크기는 아이들의 뼈 상태에 따라 다르다고 한다.

대기실 벽에는 두 면 가득, 반려인들이 붙인 메모지가 빼곡했다. 테이블 위에는 반려동물에게 전하고 싶은 메시지를 적는 용도의 하트 모양 메모지가 놓여 있었다. 기다리는 동안 벽면의 메모지들을 살펴보았다. 자기 동물을 그려놓은 흔적이 많았다.

"이거는 되게 사실주의적이네."

"이것도 되게 느낌 있게 그렸네!"

와중에 그림 품평이 이어졌다.

"어디 홍대 근처에 이런 장례식장이라도 있으면 아주 난리도 아니겠어. 갤러리가 되겠어."

남자친구가 말했다. 이 말에 나는, 홍대 근처 분식점의 메모지 낙서들을 떠올렸다.

어느새 스톤이 완성되어 우리 앞으로 왔다. 제롬의 스톤과는 달리 모리의 것은 유난히 영롱한 진줏빛이 감도는 돌이 여러 개였다. 뼈의 밀도 차이라고 했다. 제롬보다 모리 뼈가 더 튼튼했던 것 같다.

오는 길, 오묘한 반달이 구름 사이로 숨었다 나타났다 했다.

집에 올 때까지도 삼베 주머니 사이로 느껴지는 스톤의 온기는 식지 않은 채였다. 돌아오니 다음날 새벽 한 시가 되어 있었다.

오래전 세상을 뜬 엄마 별이의 유골 스톤을 꺼내어 새로 산 크리스털 함에 넣고 그 위에 모리의 돌들을 얹어 주었다. 별이의 돌들은 모리 것보다 크다. 그렇게 모자를 합장했다. 둘은 같이 있게 되었다.

와인 한 잔을 따라 마시며 하루를 달래다, 생각난 듯 또 시집을 주문했다. 이 시집은 김수영 문학상을 받은 것임에도 더는 종이책으로 나오지 않아서 중고 사이트에 가보니 있었다.

그렇게 모리를 보내고 다음날이 되었다.

평소처럼 산책했다. 그러다 어느새 습관처럼 시간을 보고 있었다. 모리 저녁 먹일 시간인데 하며, 요 몇 달 동안 저녁 산책 돌아오는 길마다 걸음을 재촉하곤 했었던 것이다. 이 습관의 자동 재생에 기분이 울렁였다.

눈을 들어보니 하늘이 분홍으로 물들고 있었다. 이 분홍 하늘을 배경으로, 이어폰을 통해 부드럽고 따듯하고 편안해지는 음악이 들려오자, 또 눈물이 났다. 모리를 닮은 리듬과 선율. 세상 온갖 좋은 것이란 고양이를 닮았구나, 하면서.

이튿날엔 복부초음파를 하러 가야 해서 밤에는 일찌감치 수면 보조제와 항불안제, 아스피린, 마그네슘 등을 몽땅 때려 먹고 잠이 들었다.

내가 이런 하루 이틀을 보내는 동안, 남자친구는 뭔가를 만들고 있었다. 지우개 도장이라고 했다.

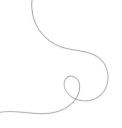

이젠 우기가
시작된 걸까?

 6.28.

지난 다섯 달, 매일같이 모리를 먹이고 돌보는 일에는 얼마간
의 스트레스와 리듬이 섞여 있었다. 그 일정한 힘듦이 나를
잡아두었던 면도 있다.

그날들이 다 지나갔고, 이윽고 모리가 떠나가고서 일주일
이 지났다.

살면서 자신의 변화를 스스로 눈치채지 못해 자주 방치하
곤 했다. 그런데 지난 일주일을 돌아보니 그러지 말아야겠다
는 생각이 든다.

불면증이 재발한 듯 아침까지 잠이 오지 않아, 이전에 남
겨두었던 항불안제를 꺼내 먹고 잠들기를 지난 일주일 사이

무려 세 번. 무언가가 심장을 누르는 듯한 상태가 계속되는가 하면, 간헐적으로 공포심이 일곤 했다. 가만있다 공격받을 것 같고 무언가가 나를 죽을 때까지 괴롭힐 것 같기도 하고, 몸이 떨리기도 하면서….

작년부터는 좀 나아져서 그래도 평온해졌다고 믿었던, 마음의 지층 아래 힘든 상념들이 다시 솟아나며 진해지기도 했다. 가족이나 수호신 같은 고양이들이 자리를 비운 여파가 이렇게 곧장 나타나는 거였나?

예전에 좀 많이 사두었던 감식초 병들을 바라보다, 식초가 혹시 신경 안정 효과가 있지나 않을까 싶어 검색해 보기도 하고, 그러다가 스트레스를 케어해 준다는 보조제가 있음을 알게 되어 주문해 놨다.

어제 일요일.

모리가 간 지 일주일이 지나 같은 날이 되자, 마음이 역류했다. 모리가 앉아 있던 자리 그리고 마지막으로 쓰러져 있던 자리를 보며 눈물이 났다. 모리가 갓 숨을 거두었던 시점 이후 어제 제일 많이 울었다. 베란다 해먹 속에 누워 울다 살짝 잠들기도 했다.

그러다 깨어나니 문득, 이전에 살던 동네에 다시 가 걷고 싶어졌다. 별이, 제롬, 로리, 모리, 이 네 마리 모두와 함께 지내던 시절, 십여 년 전에 살던, 내 삶의 가운데 토막 같은 구간을 보내던 곳.

지금 사는 집에서 걸어갈 수 있을 만큼 가까운 곳이다. 겨우 한 정거장 거리의.

나서자 얼마 안 되어 머리 위로 한 방울 뚝, 몇 걸음 걷자 또 한 방울 뚝 이러던 빗방울이, 시장을 통과할 무렵엔 어느 정도 몸을 가격하기에 이르렀다. 그 동네로 가는 골목, 두 마리의 매 동상이 세워진 공원을 지날 때는 이미 비가 꽤 내리고 있었다. 가방 속에 우산이 없는 건 아니었지만 그것은 작고 가벼운 휴대용 우양산에 불과했다.

예전 살던 집터엔 이제 힐스테이트가 들어서 있었다. 예전 여기 살 땐 귀가 때마다 2층 창문에 로리가 앉아 있곤 했었다.

아직도 옛집 맞은편의 방앗간은 건재하다!

곧 비가 거세어졌다.

이 방앗간 오른편 골목을 따라 돌아가는 사이, 비는 형언할 수 없는 폭포가 되어버렸다. 급기야, 막아줄 지붕이 있는 주차장으로 기어들어갔다. 다시 걸을 수 있을 만큼 비가 옅어질 때까지 거기 머물렀다. 머무는 동안, 「멈추면 비로소 보이는 것들」이란 책이 제목은 참 잘 지어진 것 같다는 생각이 들었다.

지금도 어제의 운동화를 말리고 있다.

고양이라는
아름다운 미신

 마음을 나누는 노란 고양이

6. 29.

지금으로부터 6년 전이었다. 어느 무더운 8월 밤에 산책을 나섰다. 밤이라지만 열기가 남은 공기 속을 하염없이 걷다 문득, 발걸음이 멈추어졌다. 불빛 아래 한 신비한 고양이. 호두같이 동그란 입매, 연민 가득해 보이는 비스듬한 눈빛. 그런 모습에 절로 맘이 끌렸다. 이후 이 아이를 다른 이름 없이 그냥 노란 고양이라고만 불러왔다.

노란 고양이는 줄곧 보이다가 또 한동안은 안 보이다가를 거듭했다. 어쩐지 이 아이는 주로 내가 힘없이 가라앉아 지내는 순간마다 희한하게도 불쑥 나타나곤 했다.

마주치는 냥이들 중에서도 특히 노란 고양이의 존재감은 깊었다. 어느새 그는 내게 의미 있는 상징으로 자리 잡았다. 이를테면 보이지 않는 세계와의 연결고리, 메신저와도 같이.

지난 20여 년간 고양이와 동거하면서 바깥의 길고양이들까지도 더 눈에 들어오게 되었고 그러면서 내게 고양이란 존재는 문화가 되어갔다. 신비한 주술을 담은 아름다운 미신 같은.

6년째 산책하는 천변. 몇 년 전엔 고양이들이 훨씬 많았다. 많이 보일 땐 10마리가 넘어가기도 했다. 이러던 어느 날 나는 고양이 미신을 만들었다. 한 마리도 보지 못하면 그다음 날 운이 별로고, 한 마리를 보게 되면 조금은 운이 있고, 두 마리면 평타, 세 마리면 좀 더 운이 좋고, 네 마리 이상 보면 대박, 꽤 좋은 일이 있을 거라고 믿게 되었다.

이 천변 길을 남자친구와 걸어가던 어느 날, 그는 고양이가 한 마리씩 나타날 때마다 이렇게 헤아리고 있었다. 엉냥 un nyang 드냥deux nyang 트흐와냥trois nyang 꺄트르냥 quatre nyang…. 고양이를 지칭하는 '냥'이란 발음은 얼핏, 비음 많은 프랑스어 비슷한 느낌이 난다. 그런 김에 장난처럼 숫자와 연결해 그만의 표현을 만들어 낸 것이었다. 썩 그럴싸하게 들렸다. 이후 이 방식대로 그날 본 고양이 마릿수를 말하곤 했다. 한때 꺄트르냥과 살기도 했던 나는 서너 마리 본 다음날이면 왠지 일진이 좋은 것 같은 기분이 들었다.

노란 고양이를 처음 본 시점은, 이 엉냥 드냥 같은 말을 만들기도 훨씬 전이었다. 노란 고양이의 존재란 이 미신조차도 뛰어넘는 비욘드beyond였다. 그는 어떤 절대적 운처럼 자리했다. 노란 고양이의 영접이란 그날 본 마릿수를 초월하여 마치 신령님을 친견하기라도 한 것처럼 마음에 불이 켜지는 일이었다.

그렇게 지내왔는데 요새는 이상하게도 6년 만에 처음으로 천변에 고양이가 절멸해 있다. 근 두 달 정도 그 어느 고양이도 보이지 않아서 상심이 이만저만이 아니었다. 수년간 늘 보이던 여러 마리가 차례 차례도 아니라 한꺼번에 모두 뚝, 자취를 감추어 버렸다.

이 와중에도 노란 고양이는 사라졌다 나타나길 반복하고 있었다. 작년에도 4월쯤을 마지막으로 한동안 안 보이더니, 제롬이가 죽고 난 직후에 갑자기 나타나 그 여름을 줄곧 함께했다. 이 아이가 좀 높은 축대에서 지내던 작년 장마철에는, 먹이를 갖다주러 축대에 매일 올라가기도 했다.

올해도 4월 어느 날 본 게 마지막이었다. 정말 이제 더는 못 보나 싶게 이 고양이는 오래도록 나타나지 않았다. 하지만 그냥 기대라도 하여보았다. 작년에 그런 것처럼 혹시 이번에도, 모리가 가고 난 어느 날 느닷없이 눈앞에 나타나지나 않을는지를. 그러나 그러기에는, 이 고양이뿐 아니라 천변 전체에서 고양이라곤 아예 통 볼 수 없었다.

아까도 모리를 생각하며 걷던 참이었다. 비도 그친 지금 딱 고양이 한 마리 나타나면 좋겠다는 생각이 얼핏 들던 찰나, 고갤 들어보니 홈플러스로 올라가는 계단 위에 노란 고양이가 앉아 있었다. 비현실적이기까지 했다. 그는 언제나처럼 위로를 주는 표정을 하고 있었다. 사람들 오는 소리가 나자 옆의 풀숲으로 숨어 들어갔다가 다시 나오기도 했다.

마트에서 캔을 사서 먹여주었다. 금세 다 비우길래 같은 브랜드의 다른 맛으로 하나 더 사다가 또 부어주었다.

이루 말할 수 없이 반가웠다. 특히 요즘 같은 날들에 이 아이가 나타나 준 것만으로도 내가 버림받지 않은 기분이다.

노란 고양이

비포 애프터

7. 3.

잠만 잘 자도 삶의 감각에 어느 정도 풍요로움이 깃든다. 쾌면이란 잘 살아 있다는 느낌 그 자체이다.

　뭐가 문젠지 잘 모르겠다. 지금 내가 겪는 문제가 일반적인 펫로스인지 어쩐지 모르겠는데, 이상하게 잠이 안 온다.

　모리의 병이 드러나자마자, 손쓸 수 없이 죽게 되리라는 사실을 인지하여 받아들였고, 지난 몇 개월 모리를 돌보는 동안엔 오히려 잠을 잘 이룬 편이었다. 모리를 떠나보내고도 그렇게 심각할 정도로 슬픈 건 아니었다. 단지 호스피스 기간 동안 늘 조마조마했던 긴장이 풀린 정도였다. 슬픔이라면 오히려 처음 병이 진단되었던 직후가 더했었다.

　어제도 누웠다가 잠이 안 오는 바람에 수면 보조제를 먹고 다시 누웠으나 4시까지도 전혀 잠이 오지 않았다. 이러다간 꼬박 밤을 새고 말 태세여서, 다시 일어나 항불안제를 먹고서야 조금 잘 수 있었다.

　불면의 원인을 모르겠다. 장례식장 주변 터 기운으로부터 좋지 않은 영향을 받아 그런가조차도 생각했다. 불면이 어느 날 저절로 나아지겠거니 하고 지내기엔 막연하다. 막연함…. 모리의 죽음이라는 프리즘을 통해 본 삶의 막연함이나 무상 감이 의식을 압도했을까? 혹은 어릴 적부터 갖고 살면서 진 해지다 옅어지다 하는 죽음의 공포가 알게 모르게 부활한 것 일까?

그날 집에 돌아와 모리의 스톤을 함에 넣을 때도 이상하기 는 했다. 뚜렷이 아프진 않지만, 설명할 수 없는 어떤 이질감 이 심장에 느껴졌다. 물리적 아픔도 정서적 반응도 아닌 그 이상한.

그날 이후로, 힘겹게 모리를 돌보던 날들에조차 근근이 유 지되던 최소한의 평정 상태로 돌아가 잠들지를 못하고 있다. 걱정이다. 항불안제는 삼키는 꼴로 잠을 보장해 준다고 할 만 큼 직방이긴 한데, 이에 의존하는 상태가 오래 이어질까 봐서 이다.

심리적으로 되짚자면, 모리의 죽음을 통해 그간의 긴장이 풀리며 봉인 해제가 되어버린, 그동안 억누르며 지내온 어떤 감정들의 역습이라 볼 수 있을까? 어린 시절에 나를 곤두서

게 하고 삶을 공포로 여기게 만들었던 요인들의 재침투? 내
감정과 감각과 사고의 소화 한계치를 넘어가 나를 지배했던
일들에 대한 형언키 어려운 고통?

2016. 4. 2. 경제.

오른손을 들어
왼 어깨에 올려보면

 7. 17.

내 눈물들의 장례는 어떻게 치러야 할까?

발걸음을 옮기면, 유령의 손수건 같은 나뭇잎이 떨어진다.

식사 주문하듯이 비를 주문할 수 있다면 지금이 그러고 싶은
순간이다.

장마철을 걸어 지나가려면 아쿠아슈즈가 필요할까?

모리가 떠나고 나면, 그동안 못했던 나들이 삼아 1박 2일
여행이라도 다녀올까 했었다. 그러나 막상은 남은 로리를 돌
봐야 했고, 마침 우기가 도래했고, 다른 할 일도 있었다. 떠나
지 못할 사정으로 포위되어 머물렀다.

지금 로리는 약해져 있다. 작년 이맘 맏이가 떠났을 때와

는 달리. 그때 모리와 로리는 예상외로 초연했었다. 그들의 태도는 마치, 아직 우리는 삶의 편에 있거든, 하고 말하는 듯했다. 맏이를 거들떠보지도 가까이 가려고도 하지 않았다.

　반면 모리가 아팠을 때 로리의 태도는 달라졌다. 매일 핥아줬고 새삼스레 모리 옆에 나란히 붙어 지내기도 했다. 마지막 날엔 누워있는 시신 옆으로 다가가 물끄러미 바라보기도 했다. 모리가 떠난 날로부터 이틀 정도는 겁을 잔뜩 먹은 듯 침대에 붙어 웅크린 모습이 영 평소 같지 않았다. 이러고 보니 당분간은 로리가 좀 더 편안해지게끔 곁에 머물며 말을 걸어 주고 자주 쓰다듬어 주어야 했다.

　그렇게 시간이 또 흘러가 이제 한 달이 되어간다.
　어제였나, 동네에 늘 있었음에도 그간 전혀 보이지 않던 간판이 갑자기 몇 년 만에 처음으로 눈에 들어왔다. 인식의 신장개업에는 언어들이 거추장스러울 때도 많다.

　오른손을 들어 왼 어깨에 올려보면, 내 오른손마저 타인의 손 같다. 따스하다. 왼 어깨가 나고, 오른손은 온기에 찬 뭇 인격들의 대표라도 되듯이.

내 안에도 나를 위로하는 응급반으로 파견된 누군가가 있다.

고양이가 가고서도
계절은 다시 오고 있지 않아, 아직은

8. 15.

감정의 세계에 대해 내가 무슨 말을 할 수 있으리! 생각보다 나는 많이 슬퍼하고 있는지도 모른다. 나는 내 감정에 대하여 약간 남의 일을 짐작하듯 이런 식으로밖에 말할 수밖에 없다.

사람들은, 아니 모두가 다 그러지는 않을 테니 가령 어떤 사람들은, 자기감정에 청진기라도 달고 다니는 것일까? 어떻게 그 순간순간 자신의 감정을 알아차려 즉시 진단한 듯이 슬프다 어떻다 말하는 걸까? 이게 오래전부터 의아했다.

나는 마음에 녹슨 번역기가 하나 달려 있다가, 잠자다 일어나 어쩌다 갑자기 생각난 듯 말하다 다시 잠들곤 하니, 이러니 누구랑 제대로 된 대화를 하겠나 싶다. 대화하려 나름은 애쓰는 와중에, 그 낡은 번역기와 거의 작동하지 않는 청진기를 멋쩍은 듯 걸고 있을 뿐이다. 뿐이라는걸. 지금 귀를 기울이니, 낡은 번역기는 이렇게 말하고 있다. 옮겨 적어본다.

오늘 저녁 나는 생각보다 내가 더 많이 슬퍼하고 있는지도 모른다고 짐작해. 지난 몇 달간 말이야, 잇따른 계절의 방문에 대하여, 얇은 종이에 '사절'이라고 적어 문 앞에 붙여놓기라도 한 듯 지내었지. 죽을 병에 걸린 고양이를 간호하면서부터는 계절들과도 결별한 듯이 들어앉아 있었어.

구름이나 달을 볼 때마다도, 다른 해의 나였더라면 저것들을 이래저래 느꼈으리라 가늠해 보는 사이, 올해의 구름이나 달은 저 멀리 가버리곤 했어.
이게 올해의 풍경이야. 계절은 계속 반송되었어. 고양이가 가고서도 계절은 다시 오고 있지 않아, 아직은.

내가 이렇다는 게 슬퍼. 모든 걸 나중에야 확인하고 혼자 읊조리는 마음의 생김새로 살아간다는 게. 하지만 바깥에 사는 그 누구의 당위로부터도 꼭 끌어안아 보호하고 싶은 어떤 세계가 있는 거야 내겐, 한편으로는.

슬픔에 오래 머물지 않으려 의식과 무의식이 협잡해서인지, 이후 내 나날들은 바쁘게 흘러갔다. 모리가 떠나고 나면 남아 있을 나를 위해 책 하나를 준비하고 있었다. 오래 갖고만 있던 인형극 에세이 <바람구두를 신은 피노키오>를 출간하려는 시도는, 모리가 가고 난 후 예상되는 나의 골절에 부목을 대려는 작업이기도 했다. 애도에 잠겨 있지 않기 위해 일을 만들어 집중했다.

모리가 부재하게 되자마자 마음 달랠 겸 시작했던 남자친구의 지우개 판화는 불과 2주도 되지 않아 순식간에 능숙해져서는 급기야 나의 책에 일러스트로 들어가게 되었다. 모리가 간 직후서부터 책은 급물살을 타며 진행되어갔다. 텀블벅도 성사되었고, 모리가 간 지 100일 딱 지나서 인쇄에 들어가게 되었다.

이러면서 곧 다른 색깔의 나날이 나타나 지나갔다. 그렇게 지내는 동안 가끔 마음이 허전했지만 그렇다고 딱히 슬프지는 않아서, 그 이유를 자신에게 설명할 수 없었다. 중간에 번아웃 비슷한 상태도 왔지만, 유독 집중하고 신경을 많이 써서 일 거라고만 여겼다.

그로부터 일 년이 흐른 후, 모리의 병간호와 더불어 써 내려갔던 일기를 꺼내 처음부터 읽어가면서, 모리 간호나 죽음에 임하여 연약한 내가 나 자신을 보호하고자 임의로 누락시켜 버렸던 감정을 생생히 다시 만나게 되었다.

4층
모리 외전 :
세상 아름다운
것들은 고양이

모리와 네잎클로버

동물은 하고 싶은 말을 전할 수 있는 언어를 우리와 공유하지 못한다. 그래서 나는 그들과 지내는 동안 내게 일어나는 크고 작은 사건들을 통해, 그들이 건네고 있는 사랑이나 권고 등의 메시지를 가늠한다. 일종의 나만의 작은 미신이라 할 수 있다. 가령 말 많고 잘 우는 제롬과 살 땐, 현관문을 달고 나가다가도 제롬의 거센 울음소리가 들려오면, 무언가 빠뜨린 것이 있어서라 믿고 소지품을 다시 점검하곤 했다.

이렇게 지내던 중, 모리가 떠나가던 날들엔 더욱 믿지 못할 하나의 사건이 일어나게 된다. 모리의 떠나감을 준비하던 날들과 떠나가던 바로 그날까지도 내게 연이어 일어난 예외적인 사건 하나를 이제 말하려 한다.

실은 털어놓지 않고 감추는 게 더 나은가 망설였다. 내게 나타난 이 징후가 어쩌면 모리가 마음을 다한 염력으로 내게 건네준 비밀한 행운인가 싶어서. 너무 아름다운 일은 차라리 함구하는 게 낫지 않은가 했었다.

그야말로 그때 그 나날들이란, 마음의 힘이 다한 끝에다 또 다른 끝을 계속 잘라 이어 붙이던 날들이었다. 희망 없는 일을 그렇다고 놓을 수도 없을 때 그렇듯, 나는 약간은 벌받거나 숙제 치르듯 모리를 간호하며 지내고 있었다. 영락없이 바다 위로 떨어지게끔 되어있는 널빤지 위를 걷는 기분으로, 모리의 마지막으로 향하는 죽음의 웨딩 마치를 피할 수 없이 한 걸음 또 한 걸음, 그 길게 늘어진 베일을 붙들며 따라가고 있었다.

유례없이 비가 잦던 봄이었다. 유리창을 서서히 미끄러지는 빗방울들을, 애도처럼 위로처럼 물끄러미 바라보던 날들이었다. 처음으로 내가 봄을 마주하지 않은 유일하고 이상한 봄이었다. 남들이 봄을 만끽하는 동안 나는 봄을 바라볼 겨를 없이 모리에만 집중되어 있었다. 이런 나에게 어쩌면 모리는 봄을 다른 방식으로 돌려주려 했던 것일까?

몇 시간 간격으로 모리 밥을 챙겨야 하는 날들에 유일한 낙이라면 매일 잠깐씩의 오후 산책이었다. 유독 비 잦던 그 봄의 나날에도 오후의 한가운데 어느 토막은 개어 맑고 싱싱했다. 그 잠깐을 빌어 숨을 돌리곤 했다.

그 봄, 비가 그치고 나면 천변에는 동전만 한 클로버들이 무리 지어 자라나 있었다. 잎뿐 아니라 키도 커서, 세상에 그렇게나 높이 자라올라온 클로버는 평생 처음이었다. 하지만 그냥 그럴 뿐 더는 무심했다. 클로버가 크고 높네, 하며 무의식적으로 스칠 뿐이었다.

그러던 어느 날이었다. 여느 때처럼 걷고 있는데 어느 여자분이 내 옆을 지나갔다. 앨리스 토끼가 그려진 티셔츠를 입고 있던 그녀의 손엔 식물 줄기 몇 포기가 들려져 있었다.

한눈에 그것이 네잎클로버란 걸 알 수 있었다. 잎 개수를 세어보지 않더라도. 세잎클로버를 일부러 그렇게 몇 포기씩 따 들고 갈 리는 없을 테니.

혼잣말이 우러나왔다. '설마, 여기 네잎클로버들이 있단 말인가?'

이 무렵 나의 이어폰 속 BGM은 언제나, 유튜브에 올라와 있는 갖가지 행운 음악이었다. 처음에는 '고양이 진정 음악'을 찾아 듣다가, 점차 알고리즘 추천을 통해 갖은 행운 명상 음악으로 옮겨가 듣게 된 것이었다. 평생 별 업적이라곤 없이 만성 신경쇠약에 몸만 여기저기 아프며 살다가, 이제는 유일한 낙이자 자랑거리였던 고양이들마저 차례로 잃어가고 있는 즈음, 설령 이름뿐일지라도 행운이란 단어가 달가워질 법도 했다.

'설마, 여기 네잎클로버들이 있단 말인가?' 하며 눈이 번쩍 뜨인 나는 길옆의 클로버들에 눈길을 주기 시작했다. 이 순간에도 귀에는 바로 그, 행운을 불러와 준다는 음악이 흐르고 있었다. 음악에 휘감겨 가면서, 긴장된 날들의 피로를 풀어놓으며 계속 걸었다.

걷다가, 그렇게 걷다가 문득 발을 멈추었다. 내 시선이 멈춘 곳에는 한 포기 네잎클로버가 맺혀 있었다. '내게도 네잎클로버가 보이다니!', 신기해하며 클로버를 따서는, 책이 없는 대신 지갑을 열어 지폐들 사이에 꽂아두었다.

이게 전부가 아니었다. 조금 더 걷다 또 하나가 더 발견되었다. 하루에 두 개씩이나 나타난 건 정말 행운이라 믿으며, 고달픈 날들의 와중에도 오랜만에 웃으며 돌아왔다.

　그 담날부터는 아예 책을 갖고 나갔다. 혹시 언제 나타날지 모를 네잎클로버들을 끼워 넣기 위하여. 정말 책이 무색하지 않게 되었다. 두 번째 날엔 더 많은 클로버를, 무려 9개나 찾아버렸다. 이후로 매일매일이 신비로웠다. 걷다 무심코 눈을 돌려보면 거기엔 기다렸다는 듯 네잎클로버가 보이는 것이었다. 그리고 한 번 나타난 곳 부근을 둘러보면 또 몇 개씩 더 발견되곤 했다.

기분 좋은 마법에라도 걸린 듯 네잎클로버 찾기는 내 비밀스러운 즐거움이 되었다. 이런지 며칠 지나지 않아 나는 이 기현상이 모리의 선물처럼 느껴졌다. 고양이의 보은이란 말도 있듯이, 자신의 마지막에 가까워가면서 모리가 고양이로서의 모든 사랑을 네잎클로버의 형태로 주려는 게 아녔을까 싶었다. 이 생각만 하면 지금도 눈물이 난다.

  네잎클로버는 너무 자주 나와서, 나오지 않은 날이 더 적을 지경이었다. 발견이 반복되자 이내 곧 그날그날의 네잎클로버 개수를 기록하기 시작했다. 본디 내겐, 어쩌다 목격한 신비 조짐이랄 만한 현상들을 기록해 두는 별도의 노트가 있다. '징조 노트'라 이름 지은 바로 이 노트에, 이번엔 매일같이 클로버 개수가 적혀 가기 시작했다. 지금 와 노트를 들추어 보니, 클로버가 나타난 최초의 시점은 모리가 떠나기 딱 2주 전이었다.

  이러던 어느 날엔 웬 못 보던 아저씨를 만나기도 했다. 다른 동네에서 온 그는 말하자면 네잎클로버 찾기의 달인이었다. "다섯 잎 같은 건 여기 좀 걷다 보면 여러 개 보여요. 자 여기, 여기…"하며 그는 다섯 잎 두어 개를 보여주었고, 네잎클로버쯤은 내게 선심 쓰듯 몇 개 주기도 했다. 어차피 너무 흔히 발견되어 평소에도 그냥 나눠주곤 한다면서. 그는 여섯 잎 클로버도 가끔은 본다고 했고, 딱 한 번은 일곱 잎 클로버를 찾았었다며 지갑을 열어 거기 끼워둔 사진을 보여주기도 했다. 그는 여기저기 동네를 바꾸어 가며 네잎클로버 투어를 다닌다고 했다.

네잎클로버 사건, 이런 일이야말로 내가 꾸역꾸역 이나마 꺾이지 않고 살아가는 힘인지도 모른다. 삶에서 내가 주저앉을만한 구간이면 야릇하고 신비한 표징들이 나타나 나를 위로해 왔다. 이게 당장 뜯어먹고 살 수 있는 물질적 이득이 아니라면 다른 이들에겐 그저 별 대수롭지 않은 일들이겠지만, 내게는 뚜렷이 다가와 마음을 어루만져 주곤 하는 현상들이었다. 좌절에 지친 나를 절대적 권태나 회의에 함몰되지 않게끔 지상으로 되돌려주곤 하던 사건들.

그리하여 모리의 마지막 순간에 가까워가던 그 시간은 지금 돌이켜보면 무수한 네잎클로버가 우거진 들판으로 다가온다. 희거나 보랏빛의 북실한 클로버꽃들 사이로, 가득 신비한 모리의 눈이 훑고 지나가다가 내게 네잎클로버를 하나씩 짚어주는 광경. 기이한 점지의 나날들!

마치 모리가 자신이 피치 못하게 떠나고 나면 남겨질 내게 필요한 행운들을 모조리 찾아 한꺼번에 안겨주고 말겠다는 듯이, 그 마지막 애틋한 서두름처럼 클로버들은 매일같이 이어져갔다. 적게는 서너 개부터 많게는 스무 개, 거의 매일 이러다 보니 개수가 아주 많아져서는 마침내, 가진 중 가장 두꺼운 몇 권의 책 속에 그 많은 클로버를 끼워두어야 했다. 일곱 잎 클로버까지는 못 찾았지만, 다섯 잎 여섯 잎도 꽤 모은 편이다. 이렇게 해서 네잎클로버들은 모리 가고서 70여 일째까지는 180개에 달하게 된다. 그리고 이후로도 조금씩 발견되어 200개가 넘게 되었다.

서로 깊이 나눈 사랑은, 아무도 알아주지 않더라도 서로에게는 두말할 것 없는 기적을 남긴다고, 간증하지 않을 수 없다. 모리가 숨을 거둔 마지막 날 오후, 모리가 잠시 내 거실에서 말없이 누워 쉬며 나와의 공간과 마지막 작별을 나누던 바로 그 시간에도, 숨을 고르느라 산책하던 내 눈앞엔 계속하여 네잎클로버들이 나타났다. 무려 10개나. 이렇게 모리의 마지막 선물은 숨을 멈춘 후에도 그치질 않았다. 숨을 멈춘 게 존재의 죽음은 결코 아니라는 듯이, 여전히, 늘 옆에 있다는 듯이.

존재와 생명에 대해 우리가 아는 것은 너무도 적다. 실망하고 슬퍼만 하기에는, 삶의 나날들은 짧으면서도 또 예측할 수 없이 길다. 어쩌면 때로는 삶의 경계를 넘어가기도 하면서.

모리가 가고 나서 얼마 되지 않아 친구에게서 폰으로 사진 한 장을 전송받았다. 친구 사는 동네 어느 화분에 샴고양이 그림이 그려진 걸 봤다는 것이었다. 샴냥이들은 다 비슷하게 생겨서인지 그 화분의 그림 또한 내 눈엔 모리로 보였다. 왜 아니랴!

어느 날엔 그 동네로 찾아가 직접 그 샴냥이 그림을 보았다. 커다란 깻잎 화분에 그려진 모리 같은 고양이. 모리와는 평생 이런 숨바꼭질을 할 것만 같다.

9를 갖고 태어난 고양이

노란 고양이 구찌

앞서 말한 적 있는 노란 고양이는 내가 천변을 빠지지 않고 산책하게 된 커다랗고 은은한 이유로 자리 잡았다. 근 몇 년 유달리 여겨온 이 아이는 천변 그 어느 고양이보다도 오래 보인다. 올해로 8년째.

누군가를 기다리는 듯한 애잔한 표정. 처음 발견했을 때 녀석은 가로등 불빛 아래 비현실적으로 영롱하게 앉아 있었다. 세상의 존재가 아닌 것처럼. 하긴 모든 고양이가 세상 소속이 아닌 듯하지만.

노란 고양이의 사진을 처음 블로그에 올렸을 때 이웃들은 그냥 지나치질 않고서 다들 한마디씩 했다. 개중 많이 들은 이야기는 '슬퍼 보인다'는 거였다. 실제 누군가에게 버림받은 고양이조차 그런 눈빛을 하고 있지는 않을 거다. 그리고 이 고양이에게선 단 한 마디의 야옹 소리도 들어본 적이 없다.

처음 보았을 때부터 중성화의 징표인 한쪽 귀가 다른 녀석들보다 좀 더 많이 잘려져 있어 마음 아팠다. 어쩌다 귀가 이렇게 잘려야 했을까? 다시 찾아다 붙여주고 싶을 지경이었다.

그동안 여러 차례 거듭 숨바꼭질을 했다. 이제 더는 못 보나보다 하면서도 기다림을 멈추지 못하여 고양이가 숨어 있을지 모를 수풀을 눈으로 더듬는 날들에 불쑥 한 번씩 나타나 주었고, 어떨 땐 한곳에 오래 머물기도 했다. 그렇게 자리를 바꾸며 옮겨 다니는 게 어쩌면 혹시 모를 잠재적 가해자를 따돌리기 위함일까? 머무는 곳을 바꾸어 가며 관리하는 그 모습이 오히려 지금은 믿음직스럽고 마음이 놓인다.

재작년 유월, 제롬이 떠난 지 일주일이나 되었을까, 한동안 사라져 보이지 않던 이 녀석이 갑자기 내 눈앞에 나타났다. 길가 돌 위에 앉아 그루밍을 하고 있었다. 사라지기 직전 보앉을 땐 구내염으로 입가에 침을 질질 흘리며 병약해 보였는데, 이제 침이 더는 밖으로 흐르지 않았고, 배는 털이 밀려져 살이 드러난 것이 어디서 초음파라도 받고 온 건지도 몰랐다.

맏이가 떠난 자리에 앉은 노란 고양이는 한동안 내 위로가 되었고 나는 또 매일의 임시 집사가 된 듯이 아이에게 밥을 주고 했다. 그렇게 수개월, 반년 이상을 지내다 녀석은 또 사라지고야 말았다.

모리가 간 직후에 천변을 걸으면서도 한 번 더 묘한 기대감이 일었다. 이번에도 이 아이가 혹시 나타나지 않을까? 기대는 현실이 되었다. 모리 가고 열흘이나 보름을 넘기지 않아 맏이 때처럼 갑자기 다시 나타나 또 매일, 거의 일 년 정도를 한곳에 머물렀다.

그렇게 지내다 작년 말 함박눈이 내리던 어느 날.
눈이 펑펑 쏟아지는 이런 날에도 설마 나를 기다려 그 자리를 지키지는 않겠지? 어딘가 아늑한 곳을 찾아들어 눈을 피하고 있겠지? 싶었지만, 혹시 모를 일이라 사료를 들고 나가보았다.

함박눈 내리던 날의 구찌

그날, 늘 있던 그 자리, 펑펑 내리는 눈보라 속 아련한 한 마리 고양이, 내 쪽을 향하여 망부석이 된 것처럼 앉아서, 다가오는 날 주시하고 있었다. 눈송이들 속에서 나를 바라보던 그 눈빛을 죽을 때까지 잊지 못할 것 같다.

우산을 씌워 밥을 먹여주었다.

마음을 나누던 이 천변의 노란 고양이에게 이름을 지어주고 싶어도 이렇다 할 이름이 떠오르지 않았었다. 아이를 만난 지 7년째 되던 해, 노란 바탕 엉덩이 위에 뚜렷한 흰 무늬가 눈에 들어왔다. 그것이 영락없이 숫자 '9'의 형상임을 처음으로 알아보았다. 뭇 고양이의 몸에서 하트 무늬는 자주 보았어도 숫자를 다 발견하다니, 게다가 아홉이라니! 고양이에겐 목숨이 아홉 개 있다는 말이 떠올랐다. 이 고양이가 더욱 특별하게 여겨졌다. 이렇게 해서 비로소 이름을 지어줄 수 있었다. 아홉 '구九' 자를 넣어 '구찌'라 부르기로 했다.

구찌는 요새도 나타났다 사라졌다 다시 나타나거나 한다. 혹여 보이지 않아도 마음 졸이지 않고 믿기로 했다. 이 고양이는 시공을 넘은 삶을 가졌기에 그 생사를 인간이 감히 걱정할 바가 아니라고. 이 고양이뿐 아니라 모든 고양이가 그렇고 실은 우리 인간 또한 다르지 않다고. 단지 인간은 고양이보다 좀 더 둔탁하고 덜 지혜롭고 미련이 많아 숱한 근심을 지으며 살아갈 뿐이라고.

그러니까 한 번 사랑을 준 대상들이 늘 내 반경 안에 있기만을 바라 쉬 맘 졸일 것이 아니라 더 잘 믿어야 한다고. 어디서건 다시 나타나고, 언젠간 다시 만나고, 아예 처음부터 끝까지 함께임이 아닌 적 없다고.

구찌 구역의
세 마리 오리

비교적 최근의 일이다. 구찌의 구역 앞 개천에는 어느 날 새하얀 집오리 세 마리가 나타났다. 이들은 사람을 잘 따랐고 사람들도 멈춰서 신기한 듯 구경하며 사진을 찍거나 오리들에게 먹을 걸 주곤 했다. 이 풍경은 계속되었다. 기이했다. 이 개천에 보통은 갈색 야생 오리들밖에 없었는데, 흰 오리라니! 생소하다 못해 동화적인 느낌마저 감돌았다. 무언가 이야기라도 깃들어 있음 직한 세 마리 오리!

그러다 그 오리의 유래를 누군가에게서 전해 듣게 된다.

짐작은 하고 있었지만, 구찌에게 먹이 주는 사람은 나 말고도 있었다. 인근에 사는 어떤 아주머니와 홈플러스 직원 여자분. 아주머니는 몸이 아파도 구찌를 비롯한 아이들을 챙기러 꼬박 나온다. 홈플러스 직원분도 커피 타임을 틈타 구찌를 챙긴다고 한다.

"어머나, 저렇게 예쁜 고양이라니!"하고, 구찌를 보는 모든 사람은 감탄한다. 아련하게 예쁘고 얌전하니 말이 없고 순해 보이는 구찌는 언제나 행인들의 눈길을 사로잡는다. 지나다 보면 어린 여자분들이 구찌를 귀여워하며 츄르나 캔 등을 주는 장면도 심심찮게 보였고, 내가 다녀가지 못한 날에도 누군가에게서 무언가를 받아먹은 흔적이 그다음 날이면 눈에 띄곤 했다.

　나 말고도 먹이 주는 고정 인물이 있다는 걸 알게 된 건 불과 몇 개월 전 일이었다. 어느 분이 구찌에게 다가가 먹이를 공급하고 있었다. 챙 달린 모자를 쓴 그분의 행색은 딱 보아도 캣맘이었다. 고양이가 보일 때만 먹이를 주는 나와는 달리, 인근 고양이들에게 일과처럼 밥을 주고 다니는 분이었다. 천변 고양이 중에는 이분을 졸졸 따라 강아지처럼 뛰다가 한 번씩 뒹굴곤 하는 아이조차 있다.

　어느 날엔 이분과 인사를 하게 되었다. 내가 밥을 주러 가자 구찌가 언덕에서 반갑게 내려오는 걸 보고 캣맘이 운을 떼셨다. "저렇게 알아보고 내려오네. 어쩐지, 기다리더라고요. 제가 밥 다 먹이고 나서도 여기 나와서 앉아 있는 거예요."

구찌가 날 기다릴지 모른다고 짐작만 했었는데 정말 그랬던 것이었다.

그리고 재작년 일제히 사라져 버린 고양이들의 행방에 대해서도 이분에게서 들었다. 상상할 수 있는 가장 나쁜 결말에 해당했다. 소문에 따르면 어떤 맘 나쁜 사람이 약을 놨다는 것이었다. 믿어질 법도 한 것이, 그렇지 않고서야 그 여러 마리, 늘 보이던 네다섯 마리 이상이 어떻게 그렇게 하루아침에 한꺼번에 사라질 수 있었을까? 이런 얘길 들으니, 이 와중에도 나쁜 이들의 고약한 인심을 이리저리 피하며 잘 살고 있다가 매번 나타나 주는 구찌가 더욱 고마웠다. 아닌 게 아니라 저 윗동네에서도 고양이를 팔 목적으로 잡아가려던 아저씨가 동네 아주머니들에게 들켜 경찰서로 연행되었고, 그 이후에 플래카드가 내걸려진 일도 있다 들었다. 길고양이도 생명이니 해치지 말라는 내용의.

나는 이분에게, 내 폰 배경 화면인 구찌의 한 살 적 모습을 보여드렸고, 캣맘은 그 유래 모를 세 마리 오리 이야길 해주었다. 어떤 아가씨가 아기 때부터의 오리 사진을 보여주었다 한다. 저 세 마리는 고작 주먹만 한 아기일 때 주인이 내버린 것이라 한다. 야생의 동물들만 있는 이 천변에서 이 세 마리는 저들끼리 똘똘 뭉쳐 살아가며 지금처럼 커다란 크기의 오리로 장성해왔다 한다.

요새도 산책할 때면 오리 세 마리를 늘 확인한다. 여전히 잘 있는 걸 보면 맘이 놓일뿐더러 적지 아니 삶의 희망까지 돋는다. 비록 처음의 주인에게선 버림받았지만 아랑곳하지 않고 외인구단처럼 꿋꿋하고 씩씩하게 살아가는 모습을 보면, 뭐가 어쨌거나 오리가 떠가는 물살 헤치듯 삶을 갈라 헤쳐 나가고 싶어진다.

또 다른 분 이야기로는, 이 세 마리 오리는 구청에서 풀어놓은 아이들이라고 한다. 인근 다른 개천에도 흰 오리가 몇 마리 더 있다는 것이다. 아주머니는 주인에게 버림받은 오리들이라고 철석같이 믿지만, 무엇이 진실인지는 모른다. 사실이야 어쨌거나 개천을 지나는 이들에게 이 오리들의 존재감이란 그들의 유래를 넘어선다.

로리의 선물

 2023. 4. 25.

오전.

내가 자는 동안 로리가 떠났다.

재작년 모리를 보내고 나자마자 꿈에 지인이 나왔다. 두 마리 고양이의 집사이기도 한 은지 님은 내게 로리의 수명을 말해 주었다. 앞으로 20개월 산다는 것이었다. 헤아려 보았더니 이번 2월이 20개월째였다. 예언이 아니더라도 고양이가 22살이라면 언제 가도 이상할 것이 없는 나이기는 하다.

20개월이 지난 3월부터는 부쩍 로리의 체력 그래프가 하향 곡선을 그려갔다. 생명 곡선이란 어느 순간까지는 평평해 보이다가 한 번 떨어지기 시작하면 순식간에 가파른 직선으로 빠른 추락을 보여주는 법이다. 로리는 점점 더 숨을 가쁘게 쉬고 자주 휘청거리며 천천히 걷게 되었다. 내가 안았다 놓기만 해도 뒷다리에 힘이 없어 중심 잡느라 휘청이는 처지에 병원 가는 것도 무리여 보였다. 이런 노환에 각종 검사를 견뎌내려면 스트레스만 받을 것 같았다.

그러면서 점차 해오던 버릇을 멈춰갔다. 어느 날 내가 말했다. "이젠 해오던 짓들을 하지 않아. 밥그릇 싹싹 비우기, 책상 옆으로 다가와 안아달라고 눈빛 보내기, 내가 낮은 해먹에 누워있을 때 다가와 내 배 위로 올라오기." 그러자 로리는 내 말을 알아듣기라도 한 듯이 바로 그다음 날 당장에 이 세 가지를 모조리 해 보이는 것이었다. 반가운 한편 기분이 묘했다. 로리가 있는 힘을 한 번 짜내어, 내 아쉬움을 풀어주려 일부러 의식을 치른 것만 같았다.

이런 날들이 흐르는 동안, 다른 징표까지 나타나 이별을 예고하고 있었다. 지난 4월 9일 천변을 걷다가 느닷없이 네잎클로버를 하나 찾더니 곧 연이어 8개가 더 발견되었다. 이후 거의 매일 네잎클로버가 여러 개씩 발견되곤 했다. 이게 설마 모리 때와 같은 흐름인가 싶어 2년 전 노트를 펼쳐 확인

해보니, 모리 때 네잎클로버가 처음 발견된 시점은 모리가 숨을 거두기 2주 전서부터였다. 이 전조대로라면 로리의 떠나감이 생각보다 빠를 수도 있겠다 싶었다.

로리는 급격히 약해져 갔다. 침대로 점프하다 자주 미끄러져서, 한 번 뛰어오르려 할 때마다 한참씩 숨을 고르곤 했다. 밥의 양은 점점 줄여갔다. 나중엔 거의 몇 번 핥고 마는 수준이었으니 화장실 모래에서 수거할 것이 없어졌다. 숨을 점점 몰아쉬고 있었다. 이런 상태에서도 안색과 눈빛을 보면 곧 떠날 고양이로는 보이지 않았다. 한동안은 더 살 것 같은 착각을 주었다. 하지만 이미 말라버린 몸에선 척추뼈가 고스란히 만져졌다.

어떻게든 뭐라도 먹여야 했다. 미음을 쑤어 우유와 섞은 다음 주사기로 뽑어 먹여주었다.

정말 심상찮다 싶은 마지막 이틀 동안엔 로리 옆에서 잤다. 로리는 다가와 내 다리에 기대 몸을 붙이곤 했다. 손가락을 내밀면 여느 때처럼 핥았지만, 아주 힘이 다 떨어지고서는 이조차 멈추었다.

어제 낮에는 산책길 초엽에서 네잎클로버를 보았는데 바

로 옆에 아주 작고 파란 꽃이 있었다. 영롱한 별처럼 보였다. 여기서 또 한참을 걸어간 곳에서는 어떤 아저씨가 길 한 편에서 클로버 밭을 주시하고 있었다. 내가 다가가자 방금 찾았다며 다섯 잎 클로버를 보여주더니 네잎클로버 하나를 선물했다. 기시감이 일었다. 모리 때의 일이 반복되고 있었다. 그때도 다른 동네 아저씨가 네잎클로버들을 주지 않았나? 어제 이분은 로리의 떠나감을 예고하는 사자가 아니었을까?

엊저녁에도 주사기로 먹여주었고, 평소 먹던 캔 사료도 로리가 조금은 핥아먹어 기뻤다. 그러고선 아침에 꿈을 꾸었다. 로리가 더 어리고 건강해져 있었다. 씩씩하게 잘 먹고 더 길어진 다리로 돌아다니고 있었다. 꿈속에선 로리의 건강을 기뻐했는데 깨는 순간엔 기분이 서늘했다. 왜 느닷없이 이런 꿈을? 로리가 자는 침대 위를 보았다. 이미 떠나 있었다. 눈을 뜨고 입을 벌린 채였다. 마지막 숨을 몰아쉬느라 그런 것 같았다. 양가감정이 들었다. 아직은 로리가 살아 있던 어제를 불러오고 싶다는 안타까움, 또 한편으로는 이제 로리가 더이상 숨을 할딱이지 않아도 되고 몸이 말라가지 않아도 된다는 안도감.

로리의 생일은 나와 엇비슷하다. 벚꽃 철에 태어났고, 22

해째 벚꽃까지를 보여줄 수 있었다. 속 깊고 따뜻한 딸 같던 로리. 같이 있던 아이들 가운데 가장 미안한 마음이 들었던 아이다. 통 자기를 내세우지 않는 조용한 존재감에다, 가까운 이들을 늘 보살피려는 힐러의 심성으로 살아온 아이라선지, 다른 때보다 더 슬프다. 눈물이 끊이지 않는다.

오래 살아서 내 곁에 머물러줘 정말 고맙다 로리!

어제 잠들기 전 문득, 내일이 오는 게 이다지도 싫은 적 없었다. 이제 몇 밤이나 남았을까를 생각하니, 아예 내일이란 게 존재하지 말았으면 했다.

오늘 아침은 잔뜩 흐리고 비가 내리고, 바깥으로 손을 내밀어 보면 부드러운 햇빛 대신 싸늘함이 손을 잡는다.

저녁 무렵.

삶이란 저 스스로 부지런한 물결이라, 하나가 가고 나면 수많은 다른 것들이 다시 그 자리에 오고 또 그조차 잠시 지나갈 뿐이다. 시간이 지나면 다른 것이 오겠지만, 지금 당장은 슬프다.

오후에도 여전히 비가 가느다랗게 뿌렸다. 한나절 동안 로리를 집에 뉘어두었다. 옆에 한동안 누워있었다. 저렇게 움직이지 않는 모습으로나마 같이 있을 수 있는 시간은 이제 고작 두 시간. 이 사실을 인지하자 다시 눈물이 솟구친다.

22년 전 봄, 그 봄과 그 고양이는 얼마나 여리고 화사하였나! 22년이 흐른 지금도 여전히 봄과 고양이는 여리고 화사하다. 봄도 고양이도 나이를 따로 먹지 않는다는 듯. 그동안 이 연약한 생물체들에 기대어 마음을 연명하였으니 나란 존재는 얼마나 더 연약한 생물체인가?

로리가 마지막으로 지내던 침대에 놓아두었던 커다란 용 인형을 털 제거기로 쓱쓱 쓸어내자 적지 않은 양의 털이 긁어져 나와 수북했다. 간직했다.

이미 몇 아이를 보내보았지만, 이번이 제일 슬픈 것도 같다. 이전엔 장례를 치르고 집에 돌아와도 아직 남은 고양이가 있었지만 이젠 고양이가 부재한 공간만이 나를 기다리게 된다. 고양이만 생각하면 수많은 어제들, 아니면 가까운 어제들만이라도 불러가 같이 살고 싶다.

온종일 비가 뿌렸지만, 오후엔 잠시 구찌에게 밥을 주러 갔다. 로리가 늘 먹던 미아모르 캔은 이제 구찌 차지가 된다. 캔 손잡이를 당기자마자 녀석이 아주 가깝게 다가와 앉았다.

주자마자 허겁지겁 잘 먹었다. 이 사실이 퍽 위로가 되었다.

구찌를 먹인 후 걷는데, 저 아래 천변을 뛰는 커다란 개 한 마리가 보였다. 개는 건너편 길을 상하로 왔다 갔다 뛰어 오가더니 징검다리를 건너와선 이번엔 이쪽 길을 뛰어다녔다.

늦은 오후 오늘 최초의 식사를 하고 장례식장에 갈 준비를 하기 위해 집으로 돌아왔다. 아직은 로리가 누워있는.

밤.

모리를 보냈던 장례식장은 주변 분위기가 음산했었기에 이번에는 제롬을 보냈던 곳으로 다시 왔다. 차에서 내리자 새까만 밤하늘에 고운 초승달이 보였다.

여기 스태프 분이 우리 얼굴을 알아보았다. 이미 장례 절차를 알고 있으니 설명 받을 내용은 그리 많지 않았다.

추모실로 갔다. 삼베 베개를 베고 수의를 덮은 로리는 몹시 예뻐 보였다. 이윽고 화장장으로 옮겨져 관이 들어갔고 곧 불꽃이 일었다. 화장되는 동안엔 낮에 사둔 도넛을 먹었다.

화장이 끝나고 남은 뼈는 엔젤 스톤으로 만들어졌다. 이윽고 마주한 로리의 엔젤 스톤은 연푸른 진주처럼 영롱했다. 예쁜 스톤을 받아들자 로리의 정수를 간직하는 것 같은 기분이 들었다. 로리 스톤의 빛깔 자체가 슬픔을 정화하는 위로였다. 어쩌면 로리는 이다지도 고스란히 마지막까지 착하고 아름다울까? 죽어서도 반려인의 눈물을 닦아주다니, 생사를 넘어선 힐러다.

차에 시동을 걸고 라디오를 틀자 들어본 적 없는 노래가 흘러나왔다. '정말 고마워요 함께해 줘서~ 정말 고마워서 만든 노래예요~ 정말 고마워요 함께해 줘서 함께해 줘서~'하는 가사였다. 검색해 보니 옥상달빛의 'Thank you'라는 곡이었다.

이 노래는 3년 전으로 기억을 되감아 주었다. 제롬이 땐 정말 비가 억수같이 퍼부었고 와이퍼는 말을 잘 듣지 않아 시야가 흐렸지, 그날 들은 곡 제목들도 어딘가 공교로워서 메모장에 적어두었었는데, 뭐였지? 로리의 장례와 더불어 잊고 있던 첫 고양이 제롬의 장례 기억까지 되찾고 있었다. 이젠 온종일 내리던 비가 잦아들면서 차 앞 시야엔 어떤 투명 바늘도 오가지 않았다. 투명 사슬을 뚫고서 생의 초침이 채근하지 않는 곳으로 안착하는 로리가 느껴졌다.

밤늦게 귀가했다. 로리 스톤을 제롬이의 함에 합장했다. 생전처럼 다정하게 같이 있으라고. 신전에 올려 두고 향을 피웠다.

와인 한 잔을 마시며, 제롬이를 보내고 오던 차 안에서 들었던 음악을 다시 찾아보았다. 나 혼자만 꽁꽁 제롬의 죽음을 껴안고 있느라 까먹었던 기억이다. 그때 빗소리 가득한 도로, 차 속에서 들은 곡들은 Aphrodite's Child의 Rain and Tears, 조규찬의 Sunset, Edith Piaf의 Non Je Ne Regrette Rien(난 후회하지 않아)과 La Vie en Rose(장밋빛 인생), Billie Holiday의 Am I Blue라고 적혀 있었다.

SNS에 올린 로리 부고에 수많은 위로와 응원이 적혀 있었다. 일일이 감사를 표하며 미처 못 단 답글을 마저 달았다. 아침 공기의 싸늘함이 가셔지면서, 여기저기 다정한 마음들이 손을 내밀고 있었다. 늘 마음이 아프던 내게 22년간 로리의 존재가 가르쳐준 사랑으로 사람들의 마음에 답했다.

이러는 사이 어느새 내일이 되었다.

4. 26.

그다음 날 아침.

생각보다 아무렇지 않다. 부재가 많이 실감 나지 않는다. 아직 집안에 모든 아이들이 있는 것만 같다. 아이들은 육체를 벗어 영혼이 된 상태에서 나와 합체를 이루기라도 한 듯, 생전과 달라진, 훨씬 깊어진 존재감으로 나와 함께 있다. 내가 더 강해진 느낌이다.

앞으론 어떨지 모른다. 거쳐갈 만한 여러 감정이 훑고 가겠지만 지금 당장은 괜찮다.

다만 한 가지, 로리가 부재하는 침대 위 벽이 문득 허전해 보였다. 갑자기 생각난 듯 수납함을 뒤지기 시작했다. 갖은 꾸러미 속에서 하나의 그림 염색 천을 찾아냈다. 밀랍을 이용한 바틱 작품이었다.

오래전 기억.
2005년, 아이들이 아직 생의 초반부를 지낼 무렵이었다. 네 마리 중 누구도 아프지 않고 한창 행복한 그 시점에서도, 언제가 될지 모를 미래, 아이들이 모두 세상을 떠나 있을 어느 날을 떠올렸었다. 그 미래의 나를 위로하고, 언제까지고 영원한 가족인 이 아이들을 기념하기 위해서인 양, 기다란 천에 아이들을 하나하나 그려 넣었었다.
언제 올지 막연했던 그때가 지금이었다. 천을 꺼내 다림질 해서 벽에 걸었다.

어제 오전부터의 황망함은 그 상태를 계속 기록하면서 정리 수습되어 갔다.

　어제에 이어 갑자기 궁금해져서 제롬이를 보내고 났을 때의 기록을 다시 찾아보았다. 네 편의 시가 남아 있었다. 모리를 보낸 이후에도 시들이 발견되었다. 로리를 보낸 지금부터는 어떤 시들이 써질까? 궁금하다.

(제롬을 보내고 쓴 시)

맞잡은 손

지금 손을 맞잡은
너와 나 앞에
기다란 길이 보인다

같이 갈 수 없는 길
같이 갈 수 없는 길

처음부터 함께는 아니었던 거야
어느 날 문득 네가 내게로
왔던 것이었음을

이제 너는 손을 길게 한 번
내게 뻗는다
그동안 거두지 않았던 손을

내 남은 삶의 시간이 빠듯해
지나치게 짧은 생이려니 했지
이젠 남은 날이 많고 길어
다시 널 만나기까진

걷는다
오늘을 감싸 안으며
내가 다시 떨구어질 세상엔
우주 같은 하루살이들
다 같이 미지근한 유월에
활엽의 교집합이 심장을 덮어준다

길가 나비의 접은 날개가
꽃에서 떨어질 줄 몰랐다

아무것도 하지 않아도 좋은 화요일이었다

2020. 6. 12.

작은 아랫목

처음 만났을 때 아가인 넌
침대 밑으로 쪼르르 기어들어가
침대를 번쩍 들어서야 만날 수 있었고
이제 잠이 들려는 너는 또 침대 밑으로
깊이깊이 들어간다
눈을 떴는지 감았는지 잘 보이지 않는
어스름을 가끔 신음하며

곧 넌
본 적 없는 너의 진짜 어미를 만나겠지

나의 작은 아랫목

뭐라 위로받아야 할지 몰라서
위로를 받지 않기로 했다
말을 꺼내지 않고서
아련한 노을처럼 끌어안았다
너를 덜어낸 만큼의 자리를
세상에 돌려주고 나도
세상이 그만큼 넓어지지는 않았다

네가 열고 나간 문과
이 복닥이는 세계 사이를
오래 바라보았다

내 아랫목이 처음 태어나
작은 몸을 뒤집는 순간이
보였다

연한 구름 줄무늬가 꿈틀거렸다
내 작은 아랫목이 뒤척이는구나

강변 계단에서 아이가 넘어진다
붉어진 얼굴로 잠시 울까 망설이다 벌떡 일어나
잠자리채를 쥐고 쫓는다 뭔지 모를 것을
아까부터 씩씩한 호랑나비 한 마리가
모두에게 말 걸듯 집적대며 휘몰아 나는 사이
강의 이마로
손에 손잡고 도착하는 물결들
모르는 이들이 나란히 긴 의자를 나누듯
같은 천의 저녁을 받쳐 들고서

2020. 6. 12.

Playlist

첫 번째 아침
나 혼자만 세상 속에 일어나 앉고
너는 더는 울지 않는다

둘째 날
너를 다시 만나기까지가
이제 좀 길겠구나

셋째 날부터는
지우개가 스스로 닳아가며
나 대신 드문드문 말을 하겠지

저세상으로 너를 데려가던 저녁
비가 차 앞 유리를 가렸다
바닥의 선이 자주 흐려져
보이지 않았다

오랜만에 라디오를 틀었다

Rain and Tears

Sunset

난 후회하지 않아

장밋빛 인생

Am I Blue

와이퍼를 갈아야겠다

2020. 6.12.

시작되던 장마, 막간 밤의 방

고양이가 오독오독
한여름의 얼음을 타고 내려온다

핥는다
또 하나의 죽음을 보내고 돌아온
고양이가 입을 사뿐히 가시곤
달그락달그락 어둠을 차며
놀고 있다

사방의 악몽에 모래를
와락 끼어얹으며
밤과 밤 방과 방 사이
그네들을 옮겨 타가며
까슬한 혀에 침 묻혀
복슬복슬 편지들 휘갈겨 쓰기도 하며

한밤중에 문득 깨어나면

피아노 덮개가 열려 있다

몹시 낮익은 소년이

본 적도 없이 이상한 옷을 입고는

날 향해 웃으며 건반을 짚는다

태양의 울음을 얼린 조각이

맴도는 그 밤의 방은

새벽들을 재운다

그다음

그다음 아침도

2020. 6. 30.

(모리를 보내고 쓴 시)

13월의 눈

차마

날씨하고도 사귀어보지 못한

화장실 물줄기가

타일 바닥에 쥐 한 마리 그려놓았어

점차 꼬리를 끌더니 어디론가

사라져가더군

허리 잘록한 개미가

곧 뒤를 따랐어

이내 개미의 허리도

보이지 않게 되었지

고요가 반짝인다

어둠 속에서

서서 마른 비

고양이가 잔다
자는 고양이는
죽은 고양이가 아니다

고양이가 잠 속으로 숨자마자
숨의 열쇠를 받았다
열쇠는 손바닥 속으로 파고든다

태어나 한 번도 밖을
돌아다닌 적 없는 고양이가
처음으로 외출했다

두고두고 아껴가며
숨을 나눠 쉬던 고양이 어느덧
숨의 열쇠 내게 맡기곤 안심했어
언제라도 돌아올 수 있겠다나?
발바닥 가득 새하얀 눈으로
빼곡한 지도를 문질러 지우며

그 언제고

내 잠이 궁금하다면

13월의 눈으로

네 옆에 내릴 수도 있다며

떨리는 첫 외출

일단은

오랜 동네의 커다란

깻잎 화분 뒤로 숨는다

2020. 8. 5.

2023. 4. 27.

로리가 없는 어제 하루를 살아보니, 아침과 낮엔 그럭저럭 괜찮다가 저녁 귀갓길에 이전과 다른 느낌이 든다는 걸 알게 되었다.

어제도 산책하다 커다란 네잎클로버 세 개를 찾았다. 듣도 보도 못한 모양의 들꽃과 자주 보기 힘든 하얀 민들레도 보았다. 흰나비들이 천변 가득 날고 있었다.

오늘 아침엔 로리를 생각하며 랩 가사를 만들었다. 이 시 詩를 노래로 불러줄 거다.

내 생일 케이크엔 네 숫자의 초를 꽂아
너 떠나던 날 조금은 머리 아파
바라볼 곳 없던 나의 작은 깃발
바람에 날려간 자리 꽃불 흔들려

조용하던 냥이 숨소리조차 작아
마지막에야 처음으로 커져 애달파
이제 더 그 발과 귀 만질 수 없어져
너 기대자던 인형 어루만져 대신에

때론 라디오 노래가 마음 알아줘
한껏 애달프고 스산한 기분 달래줘
노래 만드는 이들은 알고 부를지
언제 어디서 누가 위로받을지

종일 내리던 비 거기서 멈추고
깨끗하고 하얀 초승달만 빛나고
너는 별이 되어 날 비추고
가슴은 호수 되어가 마르지 않아 조금도

이제 오후 되어 걸으며 편지를 써. 누군가를 보내고 난 직후의 햇빛은 유난히 맑고 밝다는 걸 알아. 해는 내 눈에 닿는 빛 속에 보석 가루를 섞어주나 봐. 처음엔 안타깝고 슬프고 허전해서 울었지만, 그다음 날엔 감사하고 기쁜 마음에 울었지. 세상에 존재하는 사랑과 이 에너지로 이어지는 거대한 연결고리를 가르쳐준 고양이들에게. 꽃이든 향기든 바람이든 난 알아차릴 수 있어. 앞으로 내가 아름다운 것들에 눈물 흘릴 때, 거기 네가 있는 거야. 다른 모습으로 변해도 알아볼 수 있어.

세상 아름다운 것들은 고양이니까.

아름다움은 회귀한다

고양이는 영원의 이음동의어이다

사랑 다음에 오는 헤어짐, 그럼 그다음에는 무엇이 올까?
맏이를 보낸 다음날 걷다가 하늘을 올려다보았다. 눈물이 났
다. 옅은 구름이 가는 계단처럼 줄무늬를 이루고 있었다. 흡
사 아이의 고등어 무늬였다.

　아이들을 보내며 느낀 죽음이란 완연한 끝이 아니라 하나
의 절정이었다. 죽는 순간 가까이 되어서와 그 직후, 한 존재
와 나누었던 사랑은 클라이맥스에 이른다.

　그리고 끝이 진짜 끝이 아닌 듯이, 위로란 참으로 의외의
곳에서 당도한다. 사라지는 줄 알았던 하나의 개체가 우주 전
체로 번져 스몄다가는 곧이어 다른 형태로 곁으로 오듯, 세

계는 이어진다. 당신이 당신의 고양이를 안고 지냈듯, 당신을 안아주는 세계가 어딘가 숨어있다가 당신 등 뒤로 살며시 다가와 안아준다.

신은 우리에게 그의 독생자인 고양이를 보내주셨다. 우리는 신의 사자인 그들을 언제라도 만지고 안을 수 있다.

보들레르는 '고양이'라는 시에서 고양이를 집안의 자랑거리라 표현했다. 다른 존재를 사랑하기 힘든 이조차 자기 고양이만큼은 사랑하지 않을 수 없으니, 고양이란 사랑의 최후 보루다.

이 보루와의 작별을 준비하던 날에 적어가던 글이었다.

시간이 흘러 이 기록을 열람한 기분이란…. 원금을 넣어두고 잊고 있다가 계좌에 찍혀 나오는 이자를 보는 느낌과 비슷할까? 감정의 세계에도 통장이 있다. 죽음과 작별의 불가항력을 받아들이느라 종이 위에 새겨나갔던 아픔에조차 나중엔 이자가 붙어 있었다. 마치 선물과도 같이. 이 기록장은 하나의 거울이 되어 다시 나를 비추며 이런 말을 돌려준다. '그때 넌 무력하지 않았어. 노력했고 집중했어. 한 존재의 끝을 알고도 최선을 다했어.'

사람이 죽으면 반려동물이 제일 먼저 마중 나온다고 한다. 이 내용의 그림을 처음으로 보았을 때 코끝이 찡해지며 눈물이 났었다. 그런데 실제로 아이들을 보내고 나니 이런 생각이 든다. 어느 날 누에고치 벗듯 육체를 벗고 나면, 방금 전까지 누워있던 그 방 안에서, 나보다 먼저 간 고양이들이 예전의 눈망울과 털을 갖고서 고스란히 모습을 드러낼 것만 같다.

그렇게 다시 만날 날을 믿지만, 한편으론 이미 함께이기도 하다.

고양이들하고의 지난 시간이 내게 이런 말을 남겼으므로.

헤어지지 않아, 영원과는
언제든 곁으로 돌아온다고,
언제까지고 돌아올게요,
(그들의 발바닥은 마침표 대신 쉼표를 찍었다.)

먼저 떠난 고양이들이 이따금 꿈에 나타나곤 한다. 침대에 옹기종기 모여 있기도, 집 안을 돌아다니며 점프하기도 한다. 특히 르고양이는 자주 꿈에 나타났다. 여전히 나와 같이 살아가는 모습으로.

녀석을 안아 올리는 순간 털의 감촉이 적나라했다. 꿈속이지만 느낌이 하도 생생해서 반갑게 외쳤다. "거봐, 죽어도 죽는 게 아니라니까! 이렇게 그대로의 모습으로 만나잖아! 잃은 것도 사라진 것도 없어!"

깨고 나서도 '꿈일 뿐이었어.'란 생각은 들지 않았다. 꿈이었음을 알고서도 그 느낌은 변하지 않았다.

고양이는 영원의 이음동의어이다.

세상 아름다운 것들은 고양이

1판 1쇄 발행　　2023. 06. 21

지 은 이　　하래연
발 행 인　　박윤희
발 행 처　　도서출판 이곳
디 자 인　　디자인스튜디오 이곳
등　　록　　2018. 10. 8 신고번호 제 2018-000118호
주　　소　　서울 송파구 송파대로44길 9(송파동)
팩　　스　　0504.062.2548

ISBN 979-11-982680-8-2(03800)

도서출판 이곳
우리는 단순히 책을 만들지 않습니다.
작가와 책이 마주치는 이곳에서 끊임없이 나음을 너머 다름을 생각합니다.

홈페이지　　https://bookndesign.com
이 메 일　　bookndesign@daum.net
블 로 그　　blog.naver.com/designit
유 튜 브　　도서출판이곳
인스타그램　　@book_n_design

이 도서의 국립중앙도서관 출판예정도서목록(CIP)은 서지정보유통지원시스템 홈페이지(http://seoji.nl.go.kr)
와 국가자료종합목록시스템(http://www.nl.go.kr/kolisnet)에서 이용하실 수 있습니다.